성자의 도시

완성된 사랑으로의
여정을 기리는

성자의 도시

시온 지음

좋은땅

차 례

프롤로그 • 008

제1편 소년, 소녀를 만나다 • 010

제2편 어느 골동품 가게의 소년 • 016

제3편 이상한 장난감 상자 • 019

제4편 첫 번째 여행 • 023

제5편 산사람 칼 • 025

제6편 칼의 과거 • 033

제7편 낯선 손님들 • 036

제8편 달아나는 소년 • 039

제9편 소년의 기억 • 040

제10편 마을에 도둑이 들다 • 044

제11편 호텔 주인 죠셉 씨 • 046

제12편 도둑과 죠셉 씨 • 051

제13편 죠셉 씨-마을의 영웅이 되다 • 053

제14편 두 번째 여행 • 055

제15편 빨래하는 소녀와 사과 파는 청년 • 061

제16편 터번의 신사 • 064

제17편 생선 가게 아저씨들 • 067

제18편 샐리와의 만남 • 070

제19편 샐리의 오두막집 • 073

제20편 뵈뵈와 샐리 아주머니와의 이별 • 076

제21편 시장 축제와 광대 • 078

제22편 세 번째 여행 • 081

제23편 소년, 도시에 가다 • 083

제24편 도시에서의 행선지 • 085

제25편 도시의 강줄기 • 088

제26편 한즈 레스토랑 • 090

제27편 소년, 소녀와 재회하다 • 092

제28편 소년과 소녀의 만남(소년, 자초지종을 이야기하다) • 094

제29편 소녀의 아파트 • 097

제30편 사막을 달리다 • 100

제31편 네 번째 여행 • 105

제32편 그리드 하우스의 마기 • 107

제33편 가방을 되찾다 • 111

제34편 도망하는 소년과 소녀 • 114

제35편 그리드 하우스를 탈출하다 • 116

제36편 공원에 도착한 소년과 소녀 • 119

제37편 소녀가 사람들에게 묻다 • 121

제38편 술보의 집에서 머물다 • 123

제39편 다섯 번째 여행 • 126

제40편 결정의 시간 • 128

제41편 소년의 선택 • 130

제42편 헨리의 고백 • 138

모든 것을 참으며, 모든 것을 믿으며,

모든 것에 대해 희망을 가지며, 모든 것을 견디느니라.

사랑은 실패하지 않는다.

고전 13:7-8

Bears all things, believes all things,

hopes all things, endures all things.

Love never fail.

Cor 13:7-8

프롤로그

"난 당신이 죽은 줄 알았어요……."

말간 눈물이 그렁해서 긴 머리의 여인이 말문을 열었다.

"경치가 참 좋군."

새로 사온 캔버스 종이마냥 깨끗한 공간 위에, 끝도 없이 펼쳐진 밀밭 위로 내려가는 해와 오르는 반달이 함께 있다.

잠시 정적이 흘렀다.

남자는 이 넓고 자유로운 공간에 눈을 맞추고, 어쩌면 자신의 자아 존재 와 이 공간이 일치하는 꿈을 꾸고 있는지도 모른다.

떠오르는 달은 희미한 별들을 불러내어, 오전 내내 뜨겁게 작열하던 해 를 밀어내려 하고 있다.

여자는 고개를 까닥까닥, 졸음이 오는 모양이었다.

"내게 기대."
남자가 마침내 여자를 보며 말했다.
"그래도 되겠어요?"
"그래, 걱정 마."
덜컹이는 기차 안은 후덥지근한 듯했으나, 시원한 초저녁 공기와 들풀들의 내음이 불어 들면서 마치 마음에 꼭 드는 가벼운 여름 이부자리를 편 것 같았다.

여자는 머리를 수줍게 기대고, 금세 잠이 든 모양이다.
남자는 흐르는 여자의 온기도, 여름 저녁 냉기도 느낄 수 있었다. 점차 쪽빛으로 물드는 들녘을 바라보며 그는 생각에 잠긴다.

기차가 내뿜는 회색 연기에 들녘이 뿌옇게 되었다가는 개이고 하는 모습이 보인다.

제1편

소년, 소녀를 만나다

"무슨 생각을 그렇게 하니?"

딸칵, 짤랑하는 종소리에 맞춰 직접 뜬 듯한 얌전한 라일락색 모자를 쓴 중년 부인이 손에 큼직한 종이백을 안고 들어왔다.

진눈깨비가 묻어 있는 코트와 모자를 털어 내는 부인의 얼굴이 밖과 차이 나는 안 공간의 온기로 붉어졌다.

청년은 그제야 얼굴을 들고는 거리로 난 창문을 바라 보았다.

창문 쪽으로 뿌옇게 낀 서리 너머로 너풀너풀 그러나 담대하게 담북담북 눈이 내려 쌓이고 있었다.

창문에 새겨진 다정한 간판이 '골동품집. 1881년 이래 일합니다.'라고 소리 없이 반짝이고 있었다. 약간 바랜 구석이 있었지만, 시간이 오래됨으로 인해 가치를 얻는 골동품 가게의 간판으로서는 아이러니가 아니다.

산으로 둘러싸인 산골에 자리하는 이 마을에서는 언제부터인가 "꼭 들어 맞는 것처럼" 사는 것이 마을의 수칙처럼 여겨지고 있었다.

서로 이에 대해서 입을 연 적은 없었다.
그러나 모두들 느끼고 알고 있는 것이었다.

(21세기에 살면서 20세기에도, 19세기에도, 18세기에도 살아 유지되었던) 어떤 삶의 방식이나 가지고 온 마을 모양을 잘 알고 있었기에, 그들은 그렇게 '익숙한 것처럼' 꼭 맞게 사는 것이 어떤 세련된 문화의 일환이며, 발전하는 세대의 흐름에도 발 맞추는 것이라고 생각하였다.
예를 들면, 어떤 새로운 기계나 물건이 들어와도, 그들은 그것들이 마치 늘 있었던 것처럼 그들에게 익숙하고 편한 것으로 보여지길 바랬고, 또 그렇게 살았다.

변화된 어떤 것이라도, 언제나 '익숙한 것'처럼 보여져야만, 무언가가 없거나 있거나 해도, 그들은 그들이 세련된 삶을 영위한다는 것을 증명할 수 있다고 생각했고, 완전 또는 안전한 삶을 살고 있다고 믿을 수 있었기 때문이었다.

"누가 왔다 가셨니?"
짧은 하얀 털이 덮인 보숭보숭한 스웨터가 왠지 잘 어울리는 이 중년 여인이 눈을 반짝이며 물었다.
"레온 씨가 2시간 뒤에 와서 같이 식사하러 가신다고 전해 달랬어요."

소년, 소녀를 만나다

"그래, 그렇구나."

여인은 엷게 한숨을 쉬며 미소 지었다.

"이것 좀 보렴. 오늘 들어온 물건들이야. 무척 아름답단다. 16세기의 촛대인데, 랑케스터가의 가재기물이었다고 하는구나."

이렇게 말하고는 진눈깨비를 털어내며 작은 얼룩이 진 종이백 안에서 잘 싸여진 한 물체를 꺼내 조심스럽게 포장을 풀러 냈다.

"이건 뭐예요?"

나무인지, 어느 동물의 뼈 같은 것으로 만든 네모 반듯한 상자를 가리키며 청년이 물었다. 짙은 붉은 빛이 도는 고동색에 광을 입힌 것 같은 이 물건이 어쩐지, 흥미로운 사연을 가진 물건 같다고 소년은 느꼈다.

"잘 모르겠다. 그건 무슨 상자 같은데 열리지도 않아. 톰 아저씨는 아씨들이 가지고 놀던 장난감쯤으로 생각하던 모양이더라. 갖고 싶으면 네가 가져도 좋아."

언뜻 보기에도 어느 귀족에게 속해 있었을 법한 단아한 모양의 촛대였다. 부드러운 천으로 정성스럽게 촛대를 닦는 이 아주머니를 힐끗 보며, 청년은 받은 상자를 자신의 가방 안에 던져 넣었다.

"오늘은 그만 가 볼게요. 안녕히 계세요."

"그러렴. 조심해서 잘 들어가라."

획 하고는 가죽 가방을 어깨에 두르고, 청년은 가게를 빠져 나왔다.

기분 좋은 흥얼거림이 가게 안으로 밀려들어 오는 듯했다.

'신기한 아주머니야.' 하고 소년은 생각했다.

소년은 골동품 수집이 지루하고 시시한 작업이라고 생각했다. 그런 일을 오랫동안 하면서도 이 아주머니는 좋아하는 음악을 감상하는 소녀처럼 문득문득 피어나는 조용한 환호를 가지고 일했다.

그리고 그는, 자신은 그런 일에 평생을 투자하고 싶지는 않다고 생각했다.
몇 대째 에메랄드를 세공하는 자신의 집에 대한 생각이 떠오르면서, 소년은 고개를 저었다.

어렸을 때는 에메랄드 빛이 곱고 좋기만 해서, 할아버지 몰래 한두 개를 가게에서 가지고 나와서 물놀이를 하며 빛나는 물빛 아래 그것을 비춰 보면서 놀곤 했다.

그리고 그때 소년은 자신의 눈빛이 에메랄드 빛과 같다는 착각을 했었다.

그러나 지금은 모든 것이 달라진 느낌이었다.

하루 종일, 한달 내내 가게에서 같은 일을 반복하는 할아버지와 아버지가 한심스럽게 느껴지기도 했다.
저렇게 에메랄드만 가지고 만지작거리다간 눈이 멀어 버릴 것 같다는 생각도 드는 것이었다.

청년은 배를 타고, 여행을 하며 살고 싶었는데, 이 청년이 키가 자라고 학교에 들어가자, 아버지와 할아버지는 어떻게 하면 이 청년을 교육시켜서 가업을 잇게 할까 벌써부터 고민하는 눈치였다.

이런 집안의 분위기가 무겁게만 느껴져 청년은 하는 수 없이 이 골동품 집에서 일을 도와 주기로 한 것이었다.

사실, 도피의 목적으로 일을 시작한 건 아니었다.
이년 반 전쯤 이맘때 청년은 거리를 지나가는 낯선 소녀를 보았다.

귀여운 얼굴에 짙은 청록색의 털 조끼를 입고 고불고불한 머리카락을 늘어뜨린 낯선 소녀는 눈이 내렸던 그날에, 골동품 가게 앞에 서서 무언가를 보고 있었다.

소년은 처음으로 그 순간이 마치 멈춰 버린 것만 같은 그런 느낌을 받았다. 자신이 추위에 장갑을 잊고 다녀서 그런 느낌을 받았던 것이었다고······ 소년은 생각했지만.

정말 멈춰 버렸던 것일 수도 있겠지! 시간은 상대적인 것이라 하지 않았던가!

제2편

어느 골동품 가게의 소년

그렇게 소년은 그 골동품 가게를 주목하게 되었다. 물론, 그전에도 여러 번 지나쳐 온 적이 있었고, 몇 번 할아버지의 친구분이 하는 이야기도 들은 적이 있었음에도 불구하고, 마치 조명을 꺼 놓은 무대 밖처럼, 소년에게 있어서 그곳은 그냥 존재하는 곳이었다.

우여곡절 끝에 소년은 그곳에서 일을 하게 되었는데, 골동품 가게에서 일하는 것은 소년이 생각했던 것보다 더 정적인 것이었지만, 소년은 곧 그 소녀가 멀리 도시에서 사는 몰리 아주머니의 친척이라는 것을 알게 되었다.

소년은 이 가게에서 일하는 것이 그의 '피난처' 혹은 '출구'가 될 수 있을 것 같았다. 소년이 원하는 바다로 갈 준비를 하기 전까지만 이곳에서 일하리라고 마음을 먹었다.

가게 한편에 걸려 있는 커다란 배와 바다의 그림은 이런 소년의 다짐을 굳게 해 주었다.

이 성실하고 얌전한 가게 주인 아주머니는 이 소년이 얼마 동안만이라도 혹은 하염없이 이 배 그림을 쳐다본다는 것을 알아챘다.

그리고, 그런 소년을 참 신기한 젊은이라고 생각했다. 비록 자신이 작은 꽃잎들이 수놓아진 아름다운 찻잔들과 오래된 촛대들을 좋아한다는 것을 알고 있었지만, 그녀에게 있어서 그것은 그녀에게 어떤 감흥을 주는 작은 어떤 '것'일 뿐이었고, 그녀는 한번도 가게에 있는 물건들에 대해 무한한 애착을 갖는다거나 그것을 계속 쳐다본 적도 없었던 것이다.

그녀의 아버지는 부유한 상인이었고, 덕분에 여러 곳에 저택과 가게들이 있었지만, 그녀가 이 골동품 가게를 인수해서 작은 마을에 정착하게 된 것은, 오직 이곳이 아름다운 곳이기 때문이었다.

커다랗거나 높이 솟은 층층이 건물 하나 없는 이 마을은 가정가정마다 유복하며 정직한 편인, 심플하고 소박한 사람들이 사는 곳이라고 그녀는 생각했다.

거리는 항상 깨끗하게 잘 정돈되어 있었고, 사람들도 잘 정돈되어 있었다.
마치 잘 조율된 악기 같다고 그녀는 생각했다.

이런 곳에서 사는 저런 소년이 그녀에게는 오히려 신기한 종류의 인간이었다.

그녀는 그녀의 단골이자 오래된 친구인 죠앤 부인과 차를 마실 때, 이 소년을 '작은 철학자'라고 소개했다. 그녀는 사실 이 소년이 꿈꾸는 아이이며, 괴짜라고 생각했지만 이 골동품 가게의 '작은 철학자'가 어쩐지 그녀에게는 편했다.

그 둘은 함께 있을 때에도 말을 아꼈으며, 그녀는 사람을 부리지 않고 넉넉한 시급을 제때에 건네어 주는 '좋은' 상사이자 골동품 가게의 주인이었으며, 이 청년은 조용하고 정직하며, 무엇보다도 '정적인', 이 골동품 가게에 어울리는 사람이라고, 적어도 그녀는 그렇게 생각했다.

제3편

이상한 장난감 상자

소년은 습관적으로 거리 골목을 빠른 걸음으로 지나쳐서 한적한 들판이 넓게 펼쳐진 곳에 이르렀다. 하얀 솜털 같은 들풀들이 피어 있는 들판을 조금 지나면, 둥그런 자갈들이 모습을 드러내는데, 조금 더 가면 자갈들이 커지고 멀리서 후두둑후두둑하는 물 흐르는 소리가 들린다. 이곳은 소년만의 공간이었다. 무엇을 구상하거나 혼자 있고 싶을 때, 소년은 이곳으로 찾아오곤 했다. 소년은 파랗게 열린 하늘을 향해 조약돌 언덕으로 뛰어 올라갔다.

소년이 뛰어 올라갈 때마다 하늘은 더 크게 열렸고, 그를 맞이하는 듯했다.

우지끈.

'이런.'

소년이 성큼성큼 걸어 올라가는데, 근처의 나뭇가지에 걸려 넘어질 뻔했다. 소년은 원래 좋은 균형 감각과 보통 이상의 운동 신경을 타고 났으므로 금방 균형을 잡아내어 넘어지지는 않았지만, 소년의 가방이 저 멀리로 날아가고 말았다.

'더 조심해야겠어⋯⋯.'

소년은 마음속으로 생각했다.

소년이 가방을 주워 올리는데 거무스름한 것이 삐죽 나와 있었다. '어?' 그 거무스름한 상자는 아까 몰리 아주머니에게서 받은 골동품 장난감이었다. 땅에 떨어진 충격으로 비스듬히 상자의 뚜껑이 열려 있었다.

"아하, 아주머니가 이걸 몰랐구나. 이것 봐라, 상자 뚜껑이 열렸잖아. 옆으로 비스듬히 열렸잖아⋯⋯."

뚜껑은 상자 한쪽 면이었고, 다른 상자와 빈틈 없이 바짝 붙어 있어서 열리지 않는 모양이었다. 평범해 보이는 짙은 고동색의 상자는 그러나 어딘가 모르게 절제 있는 카리스마를 가진 완벽한 네 귀의 각에, 광택 있는 니스 같은 것이 꼼꼼히 발라져 있어서, 애써서 배우지는 않았지만 옆에서 듣고 본 보석 세공자의 후손으로 그는 이 상자가 범상치 않은 물건이라고 짐작은 하고 있는 터였다.

하지만 소년 자신은 그것을 주의 깊게 인지하고 있지는 않았다.

그런데 뚜껑이 열리고 보니, 붉은 자색의 내부가 눈에 들어온다.

무슨 복잡한 지도 같은 것이 프린트되어 있었다. 물론, 깐깐한 공예자의 작품이라 해도, 이 년 남짓 값진 골동품들을 다루면서 소년은 이보다 더 정교한 물건도 몇 번 봤던 적이 있었던 것 같았다. 아니면, 이 마을 안의, 이 마을에서 일어나는 일 중에 놀라울 만한 것이 없을 것이라고 늘 생각해 왔던 소년이라, 소년은 이 귀한 물건마저도 평범하고 익숙해져 왔던 어떤 것의 하나로 미리 치부해 버리게 된 것일지도 모른다.

그런데, 딸깍딸깍 또르르르. 상자 안에 부착되어 있던 무언가가 상자가 열리면서 떨어져, 상자 안에서 구르는 소리가 났다.

"이게 뭐지?"

소년은 납작한 상자 뚜껑을 옆으로 밀어서 열었다. 큰 동전 크기의 정교한 금세공이 된 시계였다.

전문가가 아닌 어린 소년이 보기에도 값진 물건처럼 보였다.

"몰리 아주머니가 이걸 모르고 나에게 주었구나."

생각하며 소년은 빙그레 웃었다.

"시계가 가나?"

시계는 옆에 돌리는 다이얼이 있어서 언뜻 보기에도 감아서 쓰는 회중시계 같았다.

"어디 보자……."

피끅피끅 뚜우우 피끅피끅. 네다섯 번 정도 다이얼을 돌렸나?

소년은 시계판을 쳐다보았다. 시곗바늘이 움직인 것 같았는데, 저절로 가지는 않은 듯하다고, 소년이 생각했을 무렵이었다.

불이 꺼졌다.

소년은 그렇게 생각했다.

매일 밤 막 잠들기 전에 침대에 누워 있으면 어머니가 방으로 들어오셔서 불을 끄시면서, 소년에게 "아이야, 좋은 꿈 꾸거라." 하고 부드러운 소리로 방문을 닫고 나갈 때와 같다고 생각했다.

성자의 도시

제4편

첫 번째 여행

"아…… 아……."

소년은 그의 이마를 쓰다듬으면서 눈을 떴다.

이마에 혹이 난 것 같기도 하고 욱신거리는 것 같기도 했다.

얼마쯤의 시간이 흘렀을까?

'여기는 어디지?'

감기 기운 같이 오슬오슬한 기분이 들었다.

'내 방인가?'

오래된 마호가니 침대는 오히려 딱딱하게 느껴졌다.

'취하기 위해 자는 것이 아니다. 필요한 만큼의 휴식과 안식을 제공하겠다'라고 말하는 듯한 다부진 그런 침대였다.

새하얀 광목의 침대보는 특별히 금욕하고 절제하는 사람의 침대임을 드러내고 있었다. 그것을 알게 된 동시에, 소년은 머리 뒤부터 싸늘함이 올라오는 듯한 기분이 들었다.

이 침대는 소년의 것이 아니었다.

소년의 어머니는 항상 좋은 솜씨로 침대보를 직접 짜는데, 이불 머릿가를 항상 잔잔한 레이스나 꽃이나 나비 문양 등의 자수로 장식했다.

소년보다 열 살 많은 형이 군대에 입대하기 위해 고향을 포기하기까지, 소년은 넝쿨 모양의 녹색 자수가 있는 침대보를 썼고, 그 후에는 푸른색의 포도 문양이 수놓아진 침대보를 썼다.

그렇게 소년의 식구들은 그들의 침대보를 구분했다.

제5편

산사람 칼

소년은 겁에 질려 두리번거렸다. 방은 크지도 작지도 않았지만, 반듯반
듯하고 꾸며지지 않은 수수한 가구들은 모두 벽 쪽으로 붙어 있어서, 소년
에게는 허전하게 느껴졌다.

마치 수도승의 방 같았다.

"어이, 일어났구나."

허허허, 하며 삐걱이는 소리 너머로 저 멀리 사람 얼굴이 나타났다.

그을린 얼굴에 강인한 턱, 부스스하지만 잘 정돈된 꾹 다문 입술 등 얼
핏 보기에, 사냥꾼 같아 보였다.

계단을 삐걱이며 올라온 이 사람은 몸집이 컸다. 그러나 그의 눈에는 어
딘가 모르게 샤프함이 느껴졌고, 눈가에는 단호한 빛이 어려 있다.

그 무서워 보일 수도 있는 눈이 제법 세련된 눈썹과 어우러져서, 이상하

게 산사람이나 은둔자 같은 모습 안에 공들여서 키워진 여느 가문 도련님이나 가졌을 법한 고집스러움이 느껴지는 사람이었다.

"난 칼 정이다."

악수를 청하는 크고 털 난 그 손을 잡으며, 호탕하게 웃고 있는 이 사람이 따뜻한 사람같이 느껴졌다.

"전 헨리 듀 셀레스티셜입니다. 여기가 도대체 어디죠? 제가 어떻게 이곳으로 오게 된 거죠?"

"그래. 그게 나도 의문이었다. 어제 저녁 내가 뒷산에서 발견했지. 죽은 듯 누워 있는데, 산짐승인 줄 알았지. 허허허. 웬일로 이 인적 없는 산을 혼자 오른 게냐?"

방 끝 쪽에 놓여 있던 의자를 한 손으로 쭉 당겨와 털썩 앉으며, 칼은 웃주머니에서 작은 물통을 꺼내 그 안에 든 것을 한 모금 마셨다.

어딘가 모르게 그 사람에게는 익숙한 모션 같다고 생각하며, 소년은 자신의 마을을 떠올렸다.

모든 것이 익숙한 곳. 그럼 내가 내 마을 안에 있단 말인가?
어떻게 우리 마을에 이런 은둔자가 살고 있었을까?

왜 아무도 그에 대해 말하지 않았을까?
소년은 생각했다.

무언가 이상하게 느껴졌다.

"여기가 산 구애 마을인가요?"

"산 구애?"

꿀꺽꿀꺽 연거푸 물통을 기울이던 손이 멈추고, 산사람이 고개를 갸우뚱했다.

"난 그곳이 어디 있는지 잘 모르겠는걸. 한 번도 들어본 적도 없고 말이야."

"한 번도 들어본 적이 없다구요?"

소년은 이 산사람이 미쳤다고 생각했다.

분명 나는 마을 뒷산에 있었단 말이야. 거기서 골동품 상자를 열었지. 이런 생각이 들자, 소년은 두리번거리며 그의 가죽 가방을 찾기 시작했다.

"이걸 찾느냐?"

낯선 산사람 칼이 그의 가죽 가방을 침대 아래 마루에서 집어 올렸다.

"네! 제 가방이에요."

낚아채듯이 가방을 잡은 소년은 가방 안을 뒤적거렸다.

'있다!'

작은 상자가 손에 닿자 소년은 얼른 손을 뺐다.

"그리고, 이것도." 하며 칼은 셔츠 웃주머니에서 조그만 물건을 꺼내 들어 보였다.

'시계다!'
소년은 침을 꿀꺽 삼켰다.
태연하게, 그 정교한 금색 세공을 드러내며, 시계가 가고 있었다. 째깍
째깍…….

"네. 제 것이에요."
소년은 말하고, 손을 뻗어서 시계를 집어 호주머니에 넣었다. 시계를 전
달 받기까지의 십여 초가 몇 십 분은 족히 된 것 같았다.

소년의 시선이 잠시 벽 쪽을 향했다. 그는 이 상황을 쉽게 이해할 수 없
었다.

'이 무슨 낭패란 말인가.'
항상 구식의 시골 마을인 산 구애에서 벗어나고 싶다고 생각은 했지만,
이런 식으로는 아니었다.

게다가 이 낯선 아저씨는 우리 마을의 이름조차 모르지 않은가?
'그래, 컴퓨터로 찾아보면 되겠지. 침착해야겠다.'

소년은 입술을 지긋이 깨물었다.

성자의 도시

그러자, 울렁거림은 조금씩 덜해지고, 주변의 것들이 눈에 들어오기 시작했다.

그때, 소년의 배에서 꼬르륵거리는 소리가 들렸다.

"이런, 아들아. 배가 고프구나. 자, 내려가서 뭐를 좀 먹도록 하자."

산 아저씨는 말을 하자마자 고개를 들고 일어나 가파른 나무 계단을 뚜벅뚜벅 내려가기 시작했다.

소년도 자리를 털고 일어나 큰 몸집의 털북숭이 아저씨를 따라 가파른 계단을 조심스럽게 내려가기 시작했다. 계단을 밟을 때마다 삐걱이는 소리가 들렸고, 허약해진 듯한 몸이 으스스 떨리는 것만 같았다.

일층에 다다르자, 그제야 집이 보이기 시작했다.

내부 벽이 끝이 둥근 회색 돌로 다부지게 지어진 집이었다.

물론, 자기 마을의 집들도 최신이 아닌, 옛 스타일의 건축물들이었지만, 이 집은 왠지 오래된 작은 고성 같은 느낌이라고 생각했다.

부엌 같은 곳으로 가는 꺾인 입구에서, 비로소 소년은 산 아저씨의 등에서 시선을 뗐다.

"어디에 컴퓨터가 있지?" 하고 두리번거렸다.

커다란 통나무 식탁의 놋그릇들에게서 이상하게 고행 정신이 느껴졌다. 놋그릇 안에는 푸릇푸릇한 어린 채소 잎들과 과일이 담겨 있었다. 막 따온 듯이 신선해 보였다.

한쪽에는 이층에 있는 책상보다 조금 더 큰 책상이 놓여 있었는데, 놀랍게도 반쯤 열린 서랍마다 오래된 것처럼 보이는, 아니, 매우 꼼꼼히 여러 번 읽혀진 듯한 비교적 얇은 두께의 책들이 무던히 쌓여 있었다.

식탁 옆쪽으로는 좁은 문이 나 있는데, 바깥으로 나가는 문 같았다. 책상 옆쪽으로는 커다란 통로가 있었는데, 두세 개의 계단 아래 넓은 홀이 보였다. 오래된 듯했으나 고풍스럽게 장식된 방이었다. 그리고 커다란 식탁이 방 안에 놓여 있었다. 한동안 사람이 이용하지 않은 흔적이 느껴졌다.

소년은 우두커니 서서, 방금 큰 몸집이 사라진 곳을 바라보았다.

그 통로 안쪽의 벽은 통나무 재질이었는데, 오래된 신문처럼 보이는 기사 몇 개가 다닥다닥 붙어 있었다. 소년이 그것을 가까이 보려고 다가가는데, 검은 몸집의 그림자가 모습을 드러냈다.

"식사가 준비되었다."
큰 몸집의 산사람이 말했다.

크고 오래된 냄비 안에는 고기와 야채가 함께 든 걸쭉한 스튜 같은 것이 끓고 있었다. 냄비 안에서 모락모락 나오는 김이 큰 덩치 아저씨의 수염을 덮었다.

"오리 고기란다. 먹어두렴. 어쩐지 너는 좋은 아이처럼 느껴진다. 허허. 이것도 인연이 아니겠니. 삭막하고 외딴 곳에 있지만, 내 집에서 너는 손님이 아니라 친구다!"

그는 호탕하게 말하며, 커다란 접시에 고기와 큼직한 감자덩어리를 덜어 주었다.

소년은 고맙다고 작은 소리로 말하고, 뜨거운 스튜를 먹었다.

'참 이상한 인연이다.'라고 소년은 생각했다.

음식을 다 먹은 이 산장 주인 수도승 아저씨는 소년의 어깨를 툭툭 치며 말했다.

"편히 칼이라고 부르게. 여기서 언제까지라도 편하게 지내게. 나무 장작을 패는 일이 힘이 든다면, 토끼라도 쫓을 수 있겠지."

"전 사냥을 해 본 일이 없는데요."

"그럼, 염소라도 돌보면 되겠지. 그래, 그거 좋은 생각이군. 우리 집에는 세 마리의 염소가 있는데, 한 마리는 나이를 많이 먹어서 먹고 자는 게 다이지만, 다른 두 마리는 매일 산책을 해야 하니까. 염소가 행복해야, 염소 젖도 짤 수 있고, 그걸로 치즈도 해 먹지. 아기 염소도 있는데, 보러 가지 않겠나?”

“예에.” 하고 소년은 그릇을 옆으로 밀어 놓고 자리에서 일어났다.

밖으로 나 있는 작은 문으로 칼이 먼저 나갔다. 그의 큰 몸집이 지나가기에는 문이 너무 좁게 느껴졌다.

오래된 나무 문을 밀고 나가자 넓게 펼쳐진 녹색 풀들이 보였다. 저 한쪽으로 아무렇게나 묶여 있는 염소 세 마리가 소년을 멀뚱멀뚱 쳐다보고 있었다.

큰 덩치의 산장 주인은 염소들에게 먹이를 주고 있었다.

제6편

칼의 과거

확 트인 들판에 이르니 멀찍이 산등성이가 보였다. 옅은 안개에 덮여 있어 자세히 보이지는 않았지만, 마을 산과는 조금 다른 것 같기도 하고, 어느 쪽에서 보면, 비슷해 보이기도 했다.

소년은 산을 홀로 타다가 길을 잃는 나무꾼들의 이야기를 여러 번 들었는데, 그 이야기가 생각났다.

그때는 산과 자유를 사랑하는 그를 구속하기 위한 일종의 과장과 억압의 이야기라고 느꼈는데, 그러나 이제 소년은 아무리 나무가 많지 않고, 높지 않은 산이라도 정신을 차려 주의를 기울여야 하겠다는 생각이 드는 것이, 그가 자주 탄 마을 뒷산은 동네 놀이공원처럼 느껴졌는데, 황량할 만큼 넓은 들판 너머로 보이는 이 산은 이상하게도 이곳저곳을 봐도 낯설게 느껴져 덜컥 겁이 났기 때문이었다.

큰 덩치의 산장 주인은 염소들에게 먹이를 주고 있었다.

"칼, 칼이라고 했죠?"
그가 큰 체구를 돌려 소년을 돌아보았다.

"그래."

"제가 얼마나 잤죠?"

"한 반나절 정도 됐을 거야."

"칼…… 혹시 저를 발견한 곳으로 데려다 줄 수 있어요? 제 시계와 박스
때문에……."

"시계?"
털북숭이 아저씨의 눈이 동그래졌다.

잠시 동안이었지만, 그의 눈은 마치 소년의 마음을 읽을 수 있을 것 같
았다.

'젊은 날의 인생이란…… 네게 무슨 일이 있었는지는 모르지만, 어린 나
이에 무슨 일이 있긴 있었구나…….'
그는 이렇게 생각했지만, 곧 함박웃음을 지어 보였다.

"그래, 그러자. 산토끼를 잡으러 가는 길에, 내가 너를 발견한 곳을 보여 주지."

"아, 잠깐만요! 시계와 상자가 필요해요. 잠깐 집에 가서 가지고 올게요. 칼. 정말 고마워요."

"뭘. 어서 다녀 오거라."

소년은 달음박질을 해서 좁은 나무 문을 밀치고 돌집으로 뛰어 들어 갔다. 그런데 그의 달음박질 속도 때문에, 부엌의 벽에 거의 부딪칠 뻔 했다. 그 벽에는 빛 바랜 기사가 붙어 있었다.

기사의 사진에 있는 청년의 모습이 부스스한 수염만 없으면 거의 칼 아저씨처럼 생겼다.

"……? 이게 칼 아저씨인가?"

'1581년?'
소년은 오려 낸 신문 기사의 날짜를 보고 다시 흠칫 놀랐다.

다른 생각을 할 겨를도 없이 소년은 밖에서 나는 큰 소리 때문에, 창문 밖을 내다보았다.

제7편

낯선 손님들

푸다닥거리며 염소가 이리저리 뛰는 소리가 들린다. 커다란 그림자가 휙휙 풀을 가르며 숲 속으로 몸을 감춘다.

반대쪽 숲 풀에서 웅성거리는 소리와 저벅저벅 무거운 장화 소리들과 진흙에 꾹꾹 밟히는 징 소리가 들린다.

"이봐, 칼 존."

"여기 있다는 걸 알고 왔거든. 손님이 왔는데, 이렇게 맞긴가?"

'손님들이 오셨나?' 하고 생각하면서도, 소년은 삐걱이는 소리가 나는 나무 계단 위로 잽싸게 올라가 그의 가방을 집어 들었다.

그리고, 아래층으로 내려가려는 소년은 챙챙, 땡그랑거리는 소리를 듣고, 나무계단 중간에 멈추어 버렸다.

누군가 긴 막대기나 몽둥이로 집안의 물건을 부수고 있는 것 같았다.

그리고 그들은 그 털북숭이 아저씨 이름을 연거푸 큰 소리로 불러 대고 있었다.

소년은 위로 올라가야 할지, 아래로 내려가야 할지 몰라 잠시 머뭇거리고 있었다.

불과 하루 전만 해도, 그는 혼자 골동품 가게에 앉아 소년이 좋아하는 그림을 물끄러미 쳐다보며 하품을 하고 있었는데, 지금은 알 수 없는 산장에 와 있었다. 그리고 알 수 없는 이 산장 주인이 어떤 일에 연루되었는지, 어느 무리들이 와서 그를 찾아대고, 집안을 엉망으로 만들고 있고, 소년은 그 집에 있는 것이다!

순간, 소년은 자신은 이 일이 어떤 일이든 저들이 누구이든, 자신은 제삼자일뿐이고, 게다가 어린 소년임을 상기하려고 애썼다.

자신은 우연히 길을 잃어 이곳으로 오게 되었을 뿐인 것이었다.

비록, 칼은 소년을 '친구'라고 부르고, 따뜻한 음식도 주었지만 말이다.

'칼은 어디로 갔지?'

소년은 신원을 알 수 없는 사람들에게 모든 것을 차분히 설명하리라 마음 먹고, 계단 아래로 한 걸음을 내디뎠다.

'삐걱~'

계단에서 소리가 나자마자, 걸걸한 중년 남자의 목소리가 자신을 쏘아
보는 듯 느껴졌다.

"저기 있다. 위층으로 올라가는 계단에 있어!"

곧 사람들의 어수선한 움직임이 느껴지고, 그것은 소년이 서 있는 계단
쪽으로 향한 것이었다.

장화의 징이 나무바닥을 때리는 소리가 소년에게는 번뜩 위협적으로 느
껴졌다.

사람의 얼굴이 불쑥 계단 쪽에서 나타나자, 소년은 '침착하자'는 스스로
의 다짐을 잠시 잊고 이층으로 열린 창문을 향해 몸을 던졌다.

제8편

달아나는 소년

"어. 아이구."

아래에 있는 부스럭거리는 플라타너스 나뭇잎 부스러기와 잔 나뭇가지
의 무더기에 구른 소년은 잠시 머뭇거렸으나, 곧 그림자가 사라졌던 곳으
로 달려가기 시작했다.

제9편

소년의 기억

지난 겨울이었다. 소년의 마을에서는 해마다 마을의 입구를 둘러싼 호수가 얼면, 축제를 연다.

누구든지 언제라고 기약을 한 것은 아닌데, 해마다 그 시기가 비슷하다.

마을 주민들은 모두 겨울을 위해 저장한 음식들을 가지고 오고, 축제의 장소로 선택된 저택은 두툼한 천 가지들로 집을 장식해, 멀리서도 눈에 띌 수 있게 했다.

지난해 브리스톨네는 연거자색과 술이 달린 붉은 감색 천으로 지붕과 현관 문을 장식해 놓았었다.

모리스 씨는 절인 무화과 잼을 가져와, 사람들은 빵에 발라 먹거나, 따뜻한 차 안에 넣어 먹었고, 주인 아주머니는 커다란 옥수수 빵과 고구마 카스텔라 등을 만들었다.

소녀들은 따뜻하고 색색한 무릎 덮개들을 가지고 와서 난로 앞에 둘러앉아 드레스나 장신구, 새로 나온 책들과 남자들에 대해 이야기했다.

그들은 보통 비단 리본들을 가지고 와서 서로 머리를 땋아 주거나 놀이를 하며 깔깔댔다.

마을의 밴드가 감미로운 음악을 연주했고, 몇몇 가족과 연인들은 춤을 추고, 몇 명 어른들은 서재에서 새로 들어온 신식 물건들을 구경하고, 체스나 다른 게임을 했다. 소년들은 보통 바깥에서 말을 먹이거나 눈싸움을 하고, 썰매를 탔다.

그날 소년도 마구간에서 다른 소년들과 함께 있다가, 어린 라지가 갑자기 던진 눈 뭉치를 맞고, 목에 두른 남색 비단 넥타이가 젖어 버렸다.

마구간에서 흘린 땀과 목덜미에 축축한 눈덩이로 파티 기분이 다한 소년은 옷을 갈아입기 위해 집으로 향했다.

집으로 가는 길에 위치한 모르스 씨의 저택 앞 뜰에는 몇 명의 집사들과 농부들이 게임을 하며 내기를 하고, 뒷담화를 하고 있었다. 파티에 얼마가 들었고, 어느 집 자식이 도시로 나가 성공한 이야기, 시장 물가가 올랐느니 등의 이야기였다.

소년은 그 무리 사이를 획 하고 지나서, 밖으로 난 문으로 나가려는데, 얼굴이 덮이도록 펼쳐진 신문을 든, 한 성인 남자가 문 안으로 쑥 들어왔다.

푸른 남방에 조끼를 걸친 중간 정도 키에 약간 마른 듯한 체구의 남자였다.

신문에 얼굴이 가려져 있어서 잘 보이지는 않았지만, 소년에겐 왠지 낯선 모습이었다.

마을 파티가 열리는 즈음이면, 매해 외부에서 온 손님들도 초대 받는다. 보통 마을 주민의 친척이나, 옛 친구들도 있었다.

사람들이 지나다니는 통로에서 신문을 크게 펼쳐 얼굴을 가리고 있는 게 마음에 들진 않았지만, '친척들이 많은 모르스 할아버지의 먼 친척쯤 되겠지.'라고 생각하며 소년은 그 남자의 옆을 지나가며 힐끔 눈길을 주었다.

그 순간 소년은 알 수 없이 흠칫 얼어붙는 듯했다.

퀭한 잿빛 눈에 남자의 얼굴에는 살기가 흐르고 있었는데, 굳게 다문 입가 근처에 길게 난 상처가 보였다. 날카롭고 뾰족한 것에 난 상처 같았다.

그 남자는 분명 신문을 읽고 있는 것이 아니었다.

소년이 기억하기에 소년의 할아버지는 늘 이 마을 대부분의 주민들이 우유부단하고 게으르다고 말했는데, 그들은 대게 넉넉한 형편을 가진, 퇴직 후 요양을 하는 중노년층과 그들의 가족들이었으므로, 실제로 느긋하고 한가했다. 그들 대부분은 신실한 교인들이었고, 마음씨가 좋았는데, 후덕한 모습들이었다.

소년은 그래서 이 손님이 더욱 낯설게 느껴지는 것 같았다. 손님은 성큼성큼 집 안으로 들어갔다.

제10편

마을에 도둑이 들다

며칠 뒤에 마을을 들썩이는 일이 일어났는데, 몇몇 가정집이 털린 것이다. 특히 마을 행사를 주관한 모르스의 집에서는 패물들과 현금들이 통째로 털렸다. 십여 년 전 마을 주민들에게 무료로 저녁 수업 봉사를 했던 수녀님의 은 그릇들이 없어진 이래, 처음으로 마을에 도둑이 든 것이었다.

모르스 아주머니는 집안 대대로 내려오는 패물이 없어졌다며 눈물을 훔쳤다.

동네가 어수선하고, 사람들은 의심과 경계심이 늘어서, 저녁에 현관문과 창문들을 철저히 잠그기 시작했다.

사람들의 왕래가 줄면서 마을 길이 얼어붙고, 마구간을 지키던 늙은 개들이 오랜만에 눈 위로 나와서 얼음 길 위에서 갸우뚱거리며 착한 눈망울을 굴렸다.

저녁에 램프를 집 앞뒤로 켜 놓는 집이 늘었고, 혼자 사는 린지 할머니는 패물이 든 금고의 키를 손안에 꼭 쥐고 연신 만지작거리면서 고양이 샘을 안고 집 앞뜰을 왔다 갔다 했다.

소년의 아버지와 어머니도 소년에게 통금 시간의 엄포를 내렸다.
소년의 아버지는 저녁 늦게까지 집의 현관문 쪽을 바라보고 앉아 에메랄드를 손질하고 있었다.

소년은 가끔 어둠 안에서 아버지의 은색 안경테 밑에 반짝이는 아버지의 눈을 볼 수 있었다.
할아버지도 소파에 앉아 TV를 보며 아무 말 없이 먼 친구가 두고 간 시가만 뻐끔뻐끔 피웠다.

거의 일주일 후 소년은 동네 외곽 호텔에서 죠셉 모닥 씨와 이 정체불명의 도둑의 난투극에 대해 들을 수 있었다.

제11편
호텔 주인 죠셉 씨

호텔 주인인 죠셉 씨는 여느 때처럼 호텔방의 키들을 정리하고, 손님들 이름 목록 장부를 쓰고 있었다. 눈이 덮일 때 즈음의 이 지역은 천연 암반수가 올라오는 따뜻한 온천욕으로 운치 있는 관광코스이다. 죠셉 씨의 별장은 이 읍에서 큰 도시로 가는 길목에 위치한 터라 온천을 하러 온 손님들이 하룻밤 혹은 며칠을 쉬기 위해 오곤 했다.

그날도 손님들이 열여덟 명 정도 있었던 것 같다.

죠셉 씨는 손님들의 이름을 하나하나 체크하며 그들의 얼굴을 곱씹어 보았다. 201호의 얀 수전 씨는 샤워할 때마다 수건을 여덟 개는 쓰는 것 같았다. 그래서 그는 오늘 또 수건을 주문했다. 예의 바른 샐리 아주머니는 이 별장의 단골이었는데, 매해 여름마다 두 사촌 동생들 가족과 함께 계곡과 온천을 찾았고, 이틀 또는 사흘간 머물고 가곤 했다.

따뜻한 온천욕을 무척 좋아하는 샐리 아주머니는 호텔에 도착하면, 보통 늘어지게 낮잠을 잤고, 밤에는 항상 이 호텔의 가재 스프에 대해 붉은 얼굴을 하고 격찬을 했다.

304호의 데이비드는 친척이 근처 마을에 땅을 많이 가진 자본가인데, 여행할 때도 큰 개들을 데리고 다녀서, 개들의 잠자리를 마련해야 했다. 차트를 보던 죠셉 씨는 잠시 고개를 갸우뚱했다.

203호의 새 손님 브라운 씨는 조용하고 신중한 사람처럼 보였는데, 눈이 하염없이 오는 그날 저녁에도 모자를 푹 눌러쓰고 나타난 브라운 씨의 장화에는 녹은 눈이나 진흙이 없이 깨끗하였던 것을 기억하고 있었다.

깔끔하고 조심스러운 손님을 좋아하는 죠셉 씨로서는 이 손님이 "날 좀 조용히 있게 내버려 두시오!"라고 그 손님이 차갑게 잘라 말한 다음 날 아침에도 따뜻한 아침을 준비해 가 살갑게 말을 건네었던 것이다.

죠셉 씨는 괴팍하지만, 깔끔한 이 손님을 편히 내버려 두리라고 생각하고 입가에 미소를 잃지 않았다.

그 손님처럼 자신의 물건들을 가지런히 정리해 놓은 손님도 드물었기 때문이리라.

하지만 지난 하루하고 반나절 동안 이 손님이 한번도 음식을 요구하지 않았다는 생각이 나자, 자신이 너무 태만했나 하고 자책하면서 간식을 챙겨 그의 방으로 올라갔다.

'똑똑'

대답이 없었다.

'똑똑'

"브라운 씨 계십니까?"

죠셉 씨는 그렇게 말을 하면서, 문을 조금 열고 빼꼼히 안을 쳐다보았다.

활짝 열린 창문으로 살얼음장 같이 차가운 바람이 불어 커튼이 펄럭거리고 있었다.

"이런."

죠셉 씨는 구운 쿠키를 올려 놓은 쟁반을 옆에 있는 테이블 위에 올려 놓고 창가로 갔다.

그때 바스락거리는 소리를 들은 죠셉 씨가 옆을 돌아보자, 열려 있는 방문 너머로 오렌지빛 응접실 조명 아래 브라운 씨가 서 있었다. 언뜻 보기에도 무언가가 집중하고 있는지 죠셉 씨가 들어온 것을 모르는 모양이었다.

브라운 씨는 눈을 크게 뜨고 응접실의 동그란 테이블 위에 펼쳐 놓은 무언가를 뚫어지게 관찰하고 있었다. 풀어 헤쳐진 타이와 바람에 엉클어진 머리카락에 무언가에 홀린 듯한 모습이 오렌지색 조명을 받아, 이상한 느낌이었다.

마치 어떤 미친 천재 화가의 난폭한 그림 한 폭과 같은 모습이었다.

"브라운 씨?"

죠셉 씨가 이름을 부르자, 이 손님이 그를 돌아보았다.

그러고는 그의 눈이 놀란 짐승처럼 동그래졌다.

불편한 몸가짐으로 담담히 서 있는 이 호텔 주인을 쳐다보다가, 얼굴이 무섭게 이그러진다.

"내가 내버려 두라고 그러지 않았소! 당장 나가시오!"라고 호통을 치는 통에 죠셉 씨는 기분이 상했다.
"갓 구운 과자를 좀 가지고 왔어요."

"당장 나가시오! 나가라니까!!!"라고 소리치며 응접실 문을 막아서는 이 손님은 쫙 펼친 팔 사이로, 묵묵히 서 있는 이 노련한 호텔 주인이 그 테이블 위에 있는 물건들을 볼 수 있다는 사실을 모르는 것이었다.

죠셉 씨의 눈에 들어온 것은 번쩍거리는 노란색 금붙이들과 색색의 목걸이 꾸러미들 정도였다.
한눈에 봐도 값이 나가는 물건들임이 분명했다.
"바로 나가겠습니다. 화 내지 마세요." 하고 돌아나가는 이 호텔 주인

눈에 상아로 깎아 만든 알록달록한 코끼리 조각상이 눈에 들어왔다.

이 호텔 주인에게는 어쩐지 낯익은 물건이었다.

"아니, 저건?"

노여운 표정을 하고 응접실을 가로막아 선 이 낯선 손님을 지나 응접실로 성큼성큼 들어간 죠셉 씨는 입이 떡 벌어졌다.

테이블 위에는 모르스 아주머니가 잃어버렸다는 두툼한 금가락지뿐만 아니라, 동네 주민들이 잃어버렸다는 보물들이 잔뜩 있었다.

제12편

도둑과 죠셉 씨

순간, 머뭇거리던 수상한 손님이 창문 쪽으로 후다닥 뛰어갔다.

죠셉 씨는 본능적으로 그를 쫓아가서, 창문을 넘으려고 하는 도둑의 발을 붙들었다.

이 창틀에 매달려 있는 도주자는 보기보다 힘이 세서, 언뜻 보기에도 거의 2배나 될 것 같은 몸집의 죠셉 씨는 땀을 뻘뻘 흘렸다.

죠셉 씨가 마침내 도주하려는 도둑의 다리를 잡아 당겨서 창문에서 끌어내리려고 했을 때, 그는 허겁지겁 윗옷 자켓 주머니에 손을 뻗쳐서 작은 접이칼을 빼 들었다. 죠셉 씨가 주춤하며 뒤로 물러나는 바람에 바짓가랑이가 세게 당겨졌다. 번들번들한 바지가 판판하게 당겨지면서 범인은 창틀에서 비틀거렸다. 죠셉 씨는 '이때다!' 하고 두 손을 뻗어 왜소한 이 남자의 몸통을 잡아 내팽겨치려고 했다.

도둑이 창틀에서 휘청거리며 떨어져내려 죠셉 씨와 함께 구르며 가까이 있는 테이블을 쳐서, 테이블 위의 쟁반이 떨어졌다. 쨍그랑하고 유리그릇들이 깨지며 우유가 사방으로 튀었다.

죠셉 씨는 욱신거리는 아픔을 느끼며, 순간 반사적으로 손을 풀고, 방어 자세를 취했다. 이때다, 하고 도둑은 죠셉 씨를 뿌리치고 일어나 창문을 넘어 달아났다.

죠셉 씨는 가쁜 숨을 고르며 일어났다. 오른손으로 왼쪽 팔을 감싸고, 도움을 요청해야겠다고 생각했을 때, 옆방에서 큰 소리를 듣고 손님들이 '무슨 소리인가.' 하고 얼굴을 내밀었다.
한 손님은 샤워 중이었는지, 수건으로 머리와 하체를 두른 모습으로 난투극의 현장에 나타났다.

제13편
죠셉 씨-마을의 영웅이 되다

그렇게 죠셉 씨는 구출 받았다. 다행히 상처는 깊지 않았다.

오히려 그 일 이후로 죠셉 씨는 마을의 영웅이 되었다.

모르스 아주머니는 링을 되찾은 기쁨을 표했고, 죠셉 씨는 삼일 연속으로 푸짐한 저녁식사에 초대를 받았다.

그렇게 여러 집에서 이야기가 돌면서, 도둑에 대한 소문이 조금 더 극적이 되었다.

브라운 씨는 '괴도 루팡'같이 조심스럽고, 힘도 세서, 거구의 죠셉 씨와 난투극을 벌일 만큼의 단련된 체력을 가진 인물로, 또한 죠셉 씨의 난투극도 영웅적으로 이야기 되었다.

살면서 한번도 남들과 몸싸움을 해 보지 않은 죠셉 씨의 활약은 그가 들어도 닭살 돋게 하는 면이 있었지만, 마을 주민들의 패물을 되찾고, 도둑에게 혼자 대항한 용기를 부각한 이 이야기에 대해 그는 이의를 달지 않았다.

　자신의 패물들을 되찾은 마을 주민들은 곧 평정심을 찾았고, 마을은 다시 예전처럼 되었다.

　이와 같이 이 소문이 그의 마을에서는 이야기처럼 회자되었는데, 소년의 기억에 있어서 그 사람은 법과 예절의 테두리를 벗어난 밤의 인물로, 소년에게 처음으로 범죄자의 날카로운 어두움을 느끼게 해 준 것이었다.

제14편

두 번째 여행

얼마쯤 수풀에 누워 있었던 것일까?
커다란 몸집의 칼 아저씨가 다시 소년을 깨웠다.

"어이. 헨리."
"다시 이런 일이 일어나다니."
"나도 나지만 너의 운명도 기구한가 보구나……."
하고 칼은 슬픈 미소를 지었다.

"참."
일어나서 정신을 찾은 소년이 칼의 오두막에서 일어난 일을 기억했다.

"그 사람들은 누구죠? 당신은 나쁜 사람인가요?"
소년이 물었다.

"아니면, 그 사람들이 나쁜 사람들인가요?"

칼이 말했다.

"저들과 나는 다른 신념을 가지고 있다. 나는 보이지 않는 것을 소중히 여기지만, 저들은 눈에 보이는 것과 이생의 부귀공명을 위해, 양심을 판 놈들이지."

"그들은 남의 것을 뺏어서 사람들을 억울하게 만들고, 무력과 억압으로 사람들을 협박하고 협상하려 하지."

"아저씨도 친구들과 일하나요?"

소년이 물었다.

"저들이 나의 친구들과 성전을 공격했다. 우리는 모두 조용하고, 또 참새들처럼 순진했지. 우리는 조용한 소리로 경전을 읽는 것을 기쁨으로 여겼다. 어떤 사도들은 금식을 자주 했는데, 그들은 기도를 하다가 실신을 하기도 했단다. 저들이 우리를 공격하러 왔을 때, 우리는 모두 기겁을 했지. 어이가 없는 일이었다. 이성으로 이해가 되지 않는 일이었고, 기도를 해서 신께 여쭤볼 여유도 없었다."

"그들은 무엇을 빼앗으러 온 거죠?"
소년이 물었다.

"나는 잘 모르는 성전에 속한 경전인지 보물을 가져가려고 했다. 게다가 오래전부터 사제들의 소유지였던 땅에 세금을 매기겠다고 으름장을 놓았지."

"보물이요?"

소년은 고개를 갸우뚱했다.

"한 늙은 사제 분은 그 보물을 지키기 위해 목숨을 내놓았다."
"보물을 지키기 위해서요?"

금방 닭똥 같은 눈물 방울이, 큰 체구의 덥수룩한 수염을 따라 또르르 흘러 뚝뚝 떨어졌다.

"그 보물이 뭔데요?"

소년에게 있어 '보물'이라는 것은 하찮은 것들이었다.
아직 어리기도 했고, 작은 시골 마을에서 자란 순수한 이 소년이 기억하기에는, 하물며 그가 어렸을 적에 친구들과 열심히 찾은 '보물찾기' 게임의 보물들도 대부분이 하찮은 물건들이었다.
칼은 눈물을 훔쳤다.

"나도 잘은 모르는데 말이야. 대부분의 사제들은 그것이 시간과 의미,

그리고 사랑에 관한 것이라고 믿고 있었지. 신이 우리에게 부탁하여 맡겨 둔 것이라고, 그 성실한 노사제는 말하곤 했다."

"그래서 어떻게 되었나요?"

"늙은 사제를 비롯한 사도들이 그들이 성전을 털려고 들어오는 것을 막았다. 그들은 저마다 성경책이나 기도문 등을 들고, 문 앞에 앉아 기도를 하고 있었다. 그런데, 그들은 진짜 무기를 휘둘러 댔지."

"네? 사제님들은 어떻게 되셨나요?"
소년이 놀라 묻자, 칼은 고개를 푹 숙였다.

"나는 잘 몰라. 그땐 나도 어렸었는데, 체구가 크고 달음박질을 잘하는 내게 한 사도님이 오래된 경전 책을 천에 싸 주며, 어디든 가서 잘 살라면서, 그 책을 잘 보관하라고 했다. 나는 스승 사도님의 말씀대로 성전 창문을 넘어 숲으로 뛰어 그곳을 벗어났다. 나는 다른 마을에 도달할 때까지 멈추지 않고 걸었지. 나의 스승님이 축복해 준 덕분이다. 작은 아이가 그 먼 거리를 쉬지 않고 달렸는데, 괜찮았던 건 사실 기적과도 같은 일이었지. 다른 사제들은 그 보물이라는 것을 가지고, 저마다 다른 곳으로 도망 갔단다…… 그게 벌써 40여 년 전 일이지. 그들을 찾으려고 여러 번 시도 했는데 말이야…… 어떻게 저들이 나를 찾아 쫓아왔는지 모르겠다. 너에 겐 미안하게 됐구나, 많이 놀랐겠구나."

"아니에요, 아저씨. 전 걱정하지 마세요. 아저씨의 책은 안전한가요? 그 사람들이 아저씨의 집안을 엉망진창으로 만들고 있었어요."

칼이 소년을 따뜻하게 쳐다보았다.
그의 모습은 엉망이었다. 수염은 부스스했고, 눈가에는 눈물 자욱이 남아 있었다.

"그래. 그 책은 내가 안전한 곳에 숨겨 두었다."

소년은 자신의 일인 양 안심하며 칼을 향해 고개를 끄덕였다.

"아저씨, 잠깐만 화장실에 갔다 올게요. 하나님이 당신을 사랑한다는 사실을 잊으면 안 돼요. 칼, 힘을 내요."

"그래, 헨리. 네게도 신의 가호가 있기를. 얼른 다녀 오거라. 저녁을 준비해야겠어."

"고마워요. 칼."
소년은 큰 나무 뒤쪽 수풀에서 일을 볼 참이었다.

몸이 부르르 떨렸다.

"뭐지?"

몸이 떨리는 것이 아니라, 자신의 가방이 떨리는 것이었다.

"응?"

소년은 바지를 걷어 올리고는, 가방을 열었다.

자신의 시계가 이상하다.

소년은 그렇게 생각하고 있었다.

"어? 우아!! 카알!"

제15편

빨래하는 소녀와 사과 파는 청년

소년이 다시 눈을 떴을 때 그는 매우 따뜻한 곳에 있다는 것을 알았다.

커다란 라탄 바구니 안에는 보송보송하게 햇살에 말린 흰 솜이불들이 들어 있었고, 소년은 그 커다란 바구니 안에 들어 있었다.

"이 개구쟁이 같으니라고, 죠이스. 언제까지 게으름을 피울 거니?"

그가 소리가 나는 쪽으로 쳐다보니 푸른 옷을 입은 소녀가 큰 도로가 보이는 집 마당에 빨래를 널고 있었다.

"죠이스?"

소년이 이상히 여기며, 그녀를 돌아 보았다. 바쁘게 빨래를 널고 있는 소녀의 뒷모습이 보였다.

두 갈래로 딴 머리에 작은 손수건을 두르고 있었다.

"그녀는 언제까지나 너를 죠이스로 알 거다."

어느 청년이 장난기 어린 말투로 말했다.

담 너머로 그의 낡은 모자와 밝은 머리카락이 보였는데, 그는 계속 말했다.

"그녀는 시력도 그리 좋지 않은 데다가 소리도 잘 듣지 못하거든. 그녀의 어린 동생 죠이스가 가출한 지 벌써 4년이 지났는데도, 아직도 그가 거기 있다고 믿는 거다."

그는 고개를 쳐들어 소년을 쳐다보았다.

신기하게 둘은 닮은 구석이 있었다. 뭐 하나 특별히 두드러지는 면은 없었는데, 자잘한 옅은 주근깨가 코 근처에 보였다. 그는 눈을 찡긋해 보이며 담 너머로 잘 익은 사과를 던졌다.

"고마워요."

소년은 여전히 라탄 바구니 안에 누워 소리쳤다.

그는 자전거를 타고 다니면서, 사과를 파는 모양이었다.

"뭐. 이따금."

그는 휘파람을 불며 사라졌다. 어디로 서둘러 가는 것 같았다.

그의 자전거 바퀴 소리가 들렸다.

아삭, 베어 문 사과는 맛이 정말 좋았다.

풋풋한 사과 냄새가 막 빨래를 한 솜이불의 따뜻함과 섞여서 소년은 다시 잠들 것 같았다.

"죠이스. 시장에라도 갔다 오지 그래? 빨래를 다 널었으니 나는 낮잠이라도 자야겠다."

하고 그 소녀는 큰 라탄 바구니 쪽으로 손을 휘휘 저었다.

바구니를 찾는 모양이었다.

그는 벌떡 바구니에서 일어났다. 괜히 미안한 마음이 들었다. 흰 솜이불에 자신이 누웠던 자국이 남아 있는 것 같았기 때문이다.

제16편

터번의 신사

큰 길로 난 마당의 대문이 활짝 열려 있기 때문에 소년은 이 여자의 집이 시장 안에 있다는 것을 곧 알게 됐다.

옷을 털고, 사과의 씨를 마당에 뱉고 소년은 큰 길 쪽으로 나갔다.

"여기는 어디지?"

햇볕이 따사롭고, 거리는 생기가 있는 사람들과 각양각색의 물건들로 채워져서, 소년은 '지금은 낮이구나.'라는 생각이 새삼스럽게 들었다.

"어이, 거기. 너, 너 말이야."
소년이 눈이 휘둥그래져서 돌아보았다.
"그래, 너. 거기서 빈둥거리고 있는, 너."

터번을 두르고 있는 키 큰 남자가 소년을 손가락으로 가리키며 말했다. 옷자락에 매달린 금색 술이 흔들렸다.

"일을 찾는 거냐?"

"아니요."
소년은 대답했다.
당장 주머니에 돈은 없었지만, 가방 안에는 몰리 아주머니에게 받은 지폐 몇 장이 있었다.

"나는 원숭이를 훈련시키고 돌볼 조련사가 필요하다."

"저는 단지 돌아보고 있어요."
소년이 말했다.

"단지 돌아보는 것 만으로는 부족해. 주인공이 되어야 하는 거다. 능숙한 원숭이 조련사가 되면, 서커스 공연 같은 데도 나갈 수 있지. 내 원숭이들은 제법 똑똑하거든."
터번의 신사가 말했다.
"그들은 돈도 잘 벌지. 사람들이 그들을 좋아하니까."

"잘 모르겠어요. 저는 한번도 쇼를 본 적이 없으니까요."
소년이 어깨를 움찔했다.

"오늘 저녁에 공연이 있을 거다. 와 보는 게 좋을걸. 너는 곧 조련사가 되고 싶어질 거다."라고 말하고, 남자는 터번을 한 번 고쳐 쓰고는 총총걸음으로 빠르게 사라졌다.

그의 긴 옷에 달린 수술들도 함께 움직이며 소년의 시야에서 멀어졌다.

제17편

생선 가게 아저씨들

"그들은 트레져 헌터다."

성인의 말소리가 소년의 귀에 들렸다.

소년이 걸음을 옮겨서 도착한 곳은 생선을 파는 곳이었는데, 푸른 생선의 등이 햇살에 반짝였고, 그들의 눈도 반짝였다. 누가 봐도 신선한 고기들이었다.

그 물고기들을 얼음 위에 진열하던 어부는 고무로 만든 장화를 신고, 방수가 되는 미끈한 앞치마를 걸치고 있었는데, 괄괄한 목소리로 동료와 이야기를 나누고 있었다.

"그들은 특별히 보물을 노린다니까."

"보물을 노린다니요? 그들은 누구죠?"

소년이 걸음을 멈추고 그 어부에게 물었다.

"배를 타다 보면 이 이야기 저 이야기를 듣게 되지. 너는 헤드헌터의 이야기를 들어본 적이 있느냐?"

"아니요. 저는 이곳이 처음이에요."

"헌팅 트로피에 대해 못 들어 본 거냐?"

"아니요."

소년은 고개를 저었다.

"이봐, 거 어린애 가지고 장난치지 말고, 이리로 와서 이것 좀 도와줘."

다른 어부가 가게의 반대편 쪽에서 소리쳤다.

"아이야. 이 물고기들을 살 거냐?"

"어부 아저씨는 그들이 누군지 아시나요?"

"나야 많은 것을 알고 있지. 이 물고기들을 봐라. 신선해 보이지 않니?"

어부는 자신이 잡아 와 진열해 놓은 물고기를 가리켰다.

소년은 오늘 본 그 소녀를 위해서라도 신선한 물고기를 좀 사야겠다고 생각했다. 빨아 놓은 이불에 누워 있어서 괜히 미안한 마음도 있었지만, 자신을 집을 떠난 동생 죠이스라고 부른 데에는 무슨 사연이 있을 것 같았고, 불쌍하게 여겨졌다. 소년은 어머니 생각이 났고, 또 가족이 그리웠던 것이었다.

제18편

샐리와의 만남

소년은 어부 아저씨들과 제법 긴 시간을 보낸 것 같았는데, 그들은 주절 주절 이야기하고, 자신들이 잡은 생선을 구워 먹기도 했다.

이 어부 아저씨들은 이 시장 안에서 벌어지는 마을의 저녁 축제에서 가장 재미난 공연이 광대의 쇼라고 생각했다. 소년이 낮에 시장에서 만난 터번의 신사에 대해서 말했는데도 말이다.

이곳의 어부들은 이 마을에 관한 것이라면 모든 것에 대해, 모두에 대해 한마디 할 거리가 있는 것처럼 보였는데, 그들은 항상 큰 목소리로 마구 말했고, 결국 마을 주민회관을 바꿔야 한다는 이야기를 반복했다.

소년은 칼이 생각이 났다. 어부들이 주저리 말하고 있음에도, 소년은 어떻게 자기에게 이런 일이 일어난 것인가 하며 고민에 잠기어서 이야기를 잘 들을 수가 없었다.

'여기는 어디란 말인가!'

어부들이 말했다.
"이 헌터들은 자기 지역이 아니라 남의 구역에 있는 걸 헌팅하려고 한다니까…… 우리 쪽 구역에 있는 것들이 말라 버리면, 어떻게 하냐구?"
"그러니까. 그놈들이 우리 쪽으로 오기 전에 쫓아 버리자고."

"유지 가능한 순환은 매우 중요하지요. 실제로, 멸종한 동물들이 꽤 있거든. 유한한 자원과 무한한 신의 세계를 잘 이해해야 하는 거지요."
생선가게에 들린 안경 쓴 할머니가 다른 어부들과 달리 조용히 나긋나긋한 목소리로 말했기 때문에 잠시 어부들은 말을 멈추었다.
"어려운 말이요. 순환인지 뭔지. 댁은 뭐가 필요해서 왔소?"

"써 버리면 없어지는 것과 써도 없어지지 않는 것들이 있죠."
안경을 쓴 할머니가 말했다.
"예를 들면, 시간이 있어요. 시간은 인간에게는 유한하지만, 신에게는 무한하답니다. 그러니까 우리는 신 안에서 자유로울 수 있어요. 시간과 공간은 연결되어 있으니까……."

'시간과 공간?'
"당신은 누구죠?"
소년이 갸우뚱하며 물었다.
"나는 선생님이란다. 여기 새우 좀 담아 주세요."

"당신에게 그것들을 가르쳐 준 분은 누구인가요?"
소년이 물었다.
"그도 선생님이시지."
그녀가 빙긋 웃어 보였다.
"그는 지혜로운 분이신가요?

"지혜?" 하고, 그녀는 웃음을 터뜨렸다.
"오랜만에 아이의 입으로부터 듣는 말이구나."

"저는 똑똑한 사람을 만나야 돼서요."
소년이 재차 말했다.

소년은 그 지혜로운 분이, 소년에게 답을 줄 수 있으리라고 믿었다.

제19편

샐리의 오두막집

아이가 그 할머니의 아담한 오두막 집에 들어가니, 서늘한 돌의 기운이 느껴졌다.

그녀의 소박한 식당 테이블에는 두꺼운 무릎이불을 덮으신 한 할아버지가 나무의자에 앉아 진한 차를 마시고 있었다. 그의 앞에는 두꺼운 책이 펼쳐져 있었는데, 오랜 세월의 흔적을 보여주듯이 양피지 종이 색이 변해 있었다.

"여기, 뵈뵈. 흥미로운 일이 있어요. 시장에 갔다가, 이 아이를 만났지요. 이 아이는 지혜로운 사람을 찾고 있었어요. 뵈뵈, 당신이 이 소년이 찾던 지혜로운 선생님이 맞냐고 묻는 거예요."

할머니는 할아버지의 귓가에 대고 또박또박 조심히 이야기했다.

그 할아버지의 얼굴에는 천천히 미소가 떠올랐다.

할머니는 소년을 향해 말했다.

"뵈뵈는 나이를 많이 드셨단다. 아이야. 너는 단 과자가 좋으냐?"

할머니 선생님이 소년에게 자상하게 물었다.

소년이 우두커니 서서 그에게 무엇부터 어떻게 물을까 고민하고 있으니, 할머니는 웃으며 커다란 당근 케익을 가져다주었다.

"고마워요. 아주머니."
"내 이름은 샐리란다. 고맙긴. 너의 부모님이 네가 여기 온 걸 알고 있니? 하룻밤 우리 집에서 머물고 가지 않으련? 뵈뵈는 흥미로운 곤충 표본들을 많이 가지고 있지. 그것들을 모았으니까. 너는 장수벌레를 알고 있겠지?"

"아니요."
소년이 대답했다.

"그것들을 보고 싶지 않니?"

소년이 침을 삼켰다.
"샐리. 정말 고마워요. 그런데, 나는 급한 질문이 있어요. 나는 이곳이 처음인데, 어떻게 이곳으로 온지 모르겠어요."

샐리가 너털거리는 웃음을 지었다.

"재미있는 아이로구나. 우리 모두 어떻게 우리가 이곳으로 오게 되었는지 모른단다."

"어. 그게 아니라, 진짜로 전 제가 어떻게 여기에 도착한지 모르겠다구요."

"걸어온 게 아니라면!"

뵈뵈가 무겁게 말했다.
뵈뵈는 무엇이든 천천히 하는 것 같았는데, 차를 마시러 손을 올릴 때나 말을 할 때도 느리게 했다.

"······."

"날아 왔다고나 할까요?"

"이리로 와서 자세히 말해 보거라. 샐리, 아이에게 마실 것 좀 갖다 주지 않겠소?"

"진저티(생강차)에 꿀을 타 주지. 레몬을 넣어 줄까? 뵈뵈. 저 아이는 최근 우리가 만난 사람들 중에 가장 흥미로운 아이예요."
그녀는 웃으며 부엌으로 갔다.

제20편

뵈뵈와 샐리 아주머니와의 이별

소년이 뵈뵈에게 그가 겪은 것을 말했을 때는 벌써 해가 기웃기웃 저문 때였다.

샐리 아주머니는 한참 전 뜨개질거리를 가지고 와서, 뜨개질을 하며 이야기를 듣다가 꾸벅꾸벅 졸기도 했다.

뵈뵈는 소년에게 일곱 마리 장수하늘소 컬렉션을 주었다. 그것들은 나무 상자 안에 핀으로 잘 고정되어 있었는데, 위에는 유리 같은 투명한 뚜껑으로 덮여 있었다.

그들의 날개는 그들의 몸 껍질 같이 어두운 색처럼 보였으나, 오묘한 청록색이나 하늘색, 붉은색이 보이기도 했다.

"행운이 있기를……."

마침내 뵈뵈가 띄엄띄엄 말문을 열자, 샐리가 뜨개질한 천을 시간을 들여 정성스럽게 풀기 시작했다.

소년이 물끄러미 쳐다보니, 샐리 할머니는 웃으며 아이에게 말했다.
"나에게 뜨개질은 운동과도 같단다. 아이야. 괜찮겠니? 난 한번도 폴리캅을 만났다는 사람을 본 적이 없단다."

이 지혜로운 할아버지는 아이가 폴리캅에게 가 보기를 권유한 것이다.

"그들은 마치 거친 수리공들 같단다. 그러나, 나는 그들을 본 적도 없다. 그들은 도시에 살지."
샐리는 말하고, 아이를 향해 손을 내밀었다.

"자, 네 이름이 무엇이니? 신께 너를 위해 기도해 주마."

"저는 헨리예요. 헨리 듀 셀레스티셜이에요."
소년이 대답했다.

"헨리, 네가 뵈뵈 만큼 나이를 먹을 때까지 언제까지라도 우리를 기억해 줄 수 있겠니? 네가 도달하려는 곳에 도착하기까지 멈추지 말거라. 신의 가호가 있기를……."
샐리 할머니가 눈물을 글썽거리며 소년을 배웅했다.

제21편

시장 축제와 광대

　시장을 통해 자신이 떨어진 곳으로 향하던 소년은 시장에서 축제가 열린 것을 보게 되었다. 시장 안쪽으로는 색색한 알의 작은 전구 선들이 이어져 비교적 밝았는데, 한쪽 공터로 사람들이 시끌시끌 모여 있었다.

　"이래 봬도 난 의리의 전사요."
　광대가 큰 소리로 말했다. 그는 비교적 조촐한 광대 옷을 입고, 붉은 롤러스케이트를 신고 있었는데, 귀에 금 고리 귀걸이를 하고, 한 손에는 책을 들고 다른 손으로는 찻잔을 들고 있었다.

　모여 있는 사람들이 '와~' 하고 웃었다.
　"그런데, 지금 나는 무엇을 위해 싸우는지 모르겠거든."
　그가 찻잔을 홀짝이며, 공터의 작은 무대를 한 바퀴 쌩 하고 돌았다. 한 다리를 들고 롤러스케이트를 타며 차를 마시는 광대의 모습이 아슬아슬

했다.

"난 당신을 위해 소리를 높였지. 당신 아이는 기저귀와 우유가 필요했으니까? 맞나요?"

광대는 앞줄에 아이를 안고 앉아 있는 아낙네를 지목해서 물었다.
"네? 뭐가요?"
아낙네가 당황하며 대답했다.
"당신 아이는 기저귀와 우유가 필요하지 않은가, 라고 물었소."
"네."

다시 한번 사람들이 와~ 하고 웃었다.

"그럼, 난 누구에게 고용된 거죠? 누가 날 고용했을까요?"
광대는 다시 한번 기지개를 펴듯 팔을 쭉 펼치고, 무대를 뻥뻥 돌았다.
청중석이 조용해졌다.
"당신은 아나요? 이 롤러스케이트를 탄 광대를?"
이번에 이 재기꾼은 뒤쪽에 앉아서 맥주를 마시는 아저씨를 일으켜 세우며 말했다.

"뭘 말이요?"
그가 버럭 소리쳤다.

"나는 누구에게 소속된 전사였단 말입니까? 나 스스로가 나를 고용했습니까? 그걸 모르겠거든요." 하고 말하자 반대쪽 무대로 똑같이 빨간 롤러스케이트를 신은 어린 아이가 등장했다.

이 아이는 색을 입힌 종이로 만든 밥상 소품을 들고 있었는데, 어깨에는 작은 원숭이가 긴 꼬리를 늘어뜨리고 있었다.

"오, 나의 존." 하고 곡예사가 격양된 목소리로 원숭이를 손짓하며 부르니, 원숭이가 아이의 어깨에서 폴짝 뛰어 곡예사의 어깨로 올라탔다. 사람들은 웃으면서 박수를 쳤다.

옆에 있던 악사가 흥겨운 노래를 연주하기 시작하고, 곡예사 무리는 가락에 맞춰 캉캉춤 비슷하게 춤을 춰 보였다. 롤러스케이트를 타고 손에는 잔뜩 소품을 들고 있어서 아슬아슬해 보였다.

소년은 박수를 치는 무리 사이에 한 여인을 보았는데, 소년이 안착한 빨래 바구니 집의 아가씨였다. 옆에는 사과를 배달하던 그 장난꾸러기 소년이 있었다.

"수잔나! 이제 집에 가자!"

사과 배달부 소년이 큰 소리로 빨래 바구니 집 아가씨에게 소리치는 것을 소년은 들을 수 있었다.

제22편

세 번째 여행

한편, 소년의 가방에서는 다시 알람 소리 비슷한 게 나고 있었다.

소년은 한 손에 들고 있던 뵈뵈 할아버지가 준 장수하늘소 상자를 가방 안에 집어넣었다.

소년은 같은 곳에 서 있었는데, 알람 소리는 점점 희미해지는 것 같았다.

시계를 꼭 쥔 소년의 입술이 파르르 떨렸다.

소년은 눈을 부릅뜨고, 몸의 균형을 잡았다.

'모든 것을 보리라'고 생각했다.

'찰칵'

하지만 그것은 찰나였다.

소년은 무엇을 보지는 못했지만, 이번에는 넘어지지는 않았다.

짧은 어둠 안에서 였지만, 소년은 자신이 두 발을 굳게 딛고 있다는 것을 느끼고 있었다.

허벅지로 힘이 쏠리는 것이 느껴졌다. 꽉 움켜쥔 가죽 가방 안의 손에 땀이 맺혔다.

'나는 나 자신을 통제할 수 있다.'라고 소년은 생각했다.

순간, 그 동안의 여정의 피로가 새삼스럽게 느껴지는 것 같았다.

소년은 스르르 잠이 들었다.

한편으로는 안심하는 마음이 들었다. 소년은 신기하다고 생각했다.

제23편

소년, 도시에 가다

'철푸덕'

'아니, 여기가 또 어디지?"

소년은 두리번거렸다.

짙은 어두움에 있었던지라 햇빛은 볼 수 없어도, 주위가 밝아진 느낌이 드는 곳이었다.

잘 다듬어진 회색 콘크리트 바닥. 메탈.

어디서 끼익~ 하는 소리가 울렸다.
고요하던 정적 없는 공기가 갑자기 술렁술렁 움직이더니 파도가 밀려오

듯, 사람들이 뚜벅뚜벅 떼를 지어 나타난다.

또각또각 몰아치는 구두 소리들. 회색 그림자 같은 움직임이 무리 지어
뭍으로 헤엄치는 바다 물고기들과 같다고 생각했다.

우선, 그들은 바빴다.

소년은 침을 삼켰다.

"아, 여기가 도시로구나."

제24편

도시에서의 행선지

무더기의 사람들이 소년 곁을 지나갔다.

소년은 혹 자신을 인식하는 사람이 있나 두리번거렸으나, 아무도 그쪽을 쳐다보는 것 같진 않았다.

옆으로 멘 가방을 확인하고, 툭툭 털고 자리에 일어나려고 할 때, 지나가던 무리 속에서 짤랑거리며 소년의 발 앞으로 동전이 날아와 발치에 떨어졌다.

동전을 누가 던졌나 하고 살피는데, 땡그랑~ 하고 또 동전이 날아온다.

'이런, 나는 그런 사람이 아니라고.'

소년이 생각했다.

'나는 다만 도움이 필요하다. 이곳이 어디이고, 난 어디로 가야 하는지 알 수 있으면 좋으련만. 내가 다시 내 인생의 주인이 되려면 어떻게 해야 하는지 알려주는 사람이 있었으면 좋으련만…… 지금은 마치 길들여지지 않은 성난 동물의 등에 타고 있는 기분이다.'

그러나 소년은 말없이 동전을 주워 들고, 호주머니에 넣었다. 지금은 그것으로도 고마웠다.

감정의 얽힘 없이 던져진 연민의 표현이라고 생각했다.

비록, 타인의 인생의 고난과 고행의 불운을 피해 가려는 일에 익숙해져 버린 도시인이지만, 그래도 남의 어려움을 인지하고 도우며 살아가려는 것이다.

소년은 쓱쓱 옷을 털고, 바쁘게 걸어가는 사람들의 무리 안으로 들어가서 그들처럼 바쁘게 걷기 시작했다.

그러자, 자신도 마치 도시 생활에 익숙한 도시인 같다는 생각이 들었다.

소년은 피식 씁쓸한 웃음을 지었다.

소년이 무리를 따라 두더지굴 같은 곳을 빠져 나오자, 싸늘하지만 눈부신 바람이 얼굴을 맞았다.

소년은 겉옷을 여미었다.

떠오르는 햇살에 눈이 부셔서, 소년은 팔로 얼굴을 가렸다.

부서지는 빛 사이로 커다란 빌딩들이 어깨를 겨누고 있었다.

소년은 아침 햇살에 눈이 부신 은색 도시를 유쾌하게 성큼성큼 걸었다. 어쩌다 횡단보도가 나오면 횡단보도를 건넜고, 코너를 만나면 코너를 돌았으며, 어쩔 때는 걸어 다니는 관광객 무리에 섞였으며, 혼자 썰렁한 거리를 걷기도 했다.

눅눅한 지하 냄새가 나는 곳도 지나고, 따뜻한 화덕피자 냄새가 나는 곳도 지났다.

소년은 어디서든지 지도를 구해야겠다고 생각했다.

그러나 곧 촌스럽게 도시에서 지도를 펼쳐 들고 싶지는 않았다.

어차피 소년에게는 행선지가 없었다.

소년은 마음속 날개를 펴고 기도하기 시작했다.

도시에서의 행선지

제25편

도시의 강줄기

얼마쯤 걸었을까?

해가 높고도 높은 빌딩 위에 걸려 있다. 소년은 땀이 났고, 목이 말랐다. 어머니가 종종 만들어 주시던 시원한 레모네이드가 생각이 났다.

소년은 잠시 멈춰 서서 주위를 두리번거렸다. 도시는 마치 강줄기와 같다고 소년은 생각했다.

흐름에 맞추어 계속 흐르고 흐른다. 그것이 자연스러운 것처럼 여겨진다.

멈춰 서서 빙글빙글 돌면 곧 드러나 버린다.

마치 강줄기에서 빠져 나와 고인 물이, 물이 마르기 전에 행로를 잡아야 하는 것처럼.

소년은 맞은편 크로스 교차로에 있는 붉은 벽돌의 작은 레스토랑을 골랐다.

물은 다시 강줄기로 스며들어 흐른다.

소년은 'Han's Restaurant'(한즈 식당)이라고 쓰인 곳으로 발걸음을 옮겼다.

제26편
한즈 게스토랑

웨이트리스는 친절했다.

불그스름한 머리에 색색한 스카프를 머리에 두른 이 여자는 소년이 아무 말 없이 손가락으로 가리킨 메뉴 그림에 보인 홍차와 버터 올린 토스트를 갖다 주었다.

TV에서 유쾌한 토크쇼 호스트의 빈 웃음소리가 가게 안을 가득 채우고, 테이블 위에 구운 토스트 냄새 때문에, 좁은 가게 안이 왠지 와글거리는 사교공간이 된 것 같았다.

적절히 따뜻하게 식은 홍차를 마시면서, 소년은 창가 너머의, 작은 시계 속의 부속품들 같이 움직이는 회색 도시를 바라보았다.

도시가 움직이며, 한 시간 한 시간을 만들어 내는 것 같았다.

그 순간 소년은 그의 눈을 의심했다.

녹색 모자를 쓴 곱슬머리의 아가씨가 옆구리에 커다란 회색 박스를 끼고는 어디론가 서둘러 걸어가고 있었다.

그녀가 횡단보도 앞에 멈춰 서니, 소년은 그 순간이 멈춰진 듯하였다.

제27편

소년, 소녀와 재회하다

이전에 비해 키가 자랐지만, 분명 소년이 일하던 가게의 몰리 아주머니의 조카 딸, 그 소녀였다.

순간, 시간이 느려진 것 같았다. 횡단 보도엔 녹색불이 켜지고, 소녀가 건너편으로 걸어가는 것이 소년에게 슬로우 모션처럼 보였다.

2년 전, 소년은 그의 비밀 장소에 있었다.

소년이 앉아 있는 바위 뒤로 친숙한 작은 폭포 소리가 들렸다.

얼마나 오랫동안 그대로 앉은 채 소년이 생각했던가!

'그녀에게 말을 걸어 볼걸. 이름이 뭔지, 어디 사는 아이인지!'

소년은 자리를 박차고 일어났다. 자신이 호의로 받은 동전들과 지폐를, 자신이 받았던 것처럼 테이블 위로 뿌리고는, 가게 밖으로 뛰어나왔다.

소년이 종종 걸음으로 걸어가는 소녀를 어떻게 붙잡았는지는 믿기 힘들다.

차들이 끊임없이 지나다니는 도로로 뛰어들어서, 끈질기게 그녀를 불러 세웠던 것이다.
마치 영화의 한 장면 같이 소녀를 불러 세운 소년은 더 이상 순진하고 평범한 예전의 그 소년이 아니었다.
'집념'이 눈에 어린 채 이 귀여운 소녀를 바라보고 있는 소년은 복잡한 회색도시에서 길을 잃은 사람도, 어린 소년도 아니었다.

소년은 자라고 있었다.

흘러가는 물을 뒤로하고 뛰어 오르는 물고기처럼, 흘러가는 시간에 떠 내려 가지 않고, 바다로 향해 몸부림치는 연어 같은 사람으로 말이다.

멈춰 선 소녀는 코끝을 찡그리며 소년을 보았다.

"누구시죠?"

제28편

소년과 소녀의 만남

(소년, 자초지종을 이야기하다)

소녀는 몰리 아주머니 가게의 소년을 기억하고 있었다.

그녀는 상자와 소년이 발견한 시계에 대한 이야기, 산사람 칼, 뵈뵈와 샐리 아주머니 이야기를 듣고 눈이 동그래졌다.

"그럼, 당신은 또 어디로 가게 되나요?"
소녀가 물었다.

소년은 고개를 저었다.
"나도 잘 모르겠어."

"당신이 원하는 게 뭐죠?"
소녀가 무릎 위에 올려 놓은 회색 박스로 손을 넣었다.
소년이 힐끔 보니, 따뜻한 파스텔 색의 실 뭉치들과 포장재료들이 들어 있었다.

"당신은 차 같은 게 필요하지 않나요?"

"차?"

소년이 눈썹을 찡긋 올려 보였다.

"몰리 아주머니의 마을은 여기서 약 180마일 정도 떨어져 있지만, 차가 있으면, 당신은 그곳에 갈 수 있어요."

"당신은 차를 가지고 있나요?"
소년이 묻자, 소녀가 자랑스럽게 말했다.
"난 차를 몰 줄 알아요."

"굉장하군."
소년이 말했다.

"나는 어렸을 때, 말 타기를 배웠기 때문에 차를 모는 건 어렵지도 않아요. 차는 엔진이라는 심장을 가진 늙은 말 같아요."
소년은 생각했다. 그는 아직 어렸기 때문에 차를 몰지 않았었다.
솔직히 그는 말을 탈 줄도 몰랐다.
마을 어귀에는 작은 경마장이 있었는데, 소년의 집에서 멀리 떨어져 있

소년과 소녀의 만남

었기 때문에 소년은 한 번도 가 보지 못한 것이다.

"나는 운전할 줄 모르는데."

소년이 말끝을 흐렸다.

"걱정하지 마요. 내가 당신의 마을로 데려다 줄 테니. 오늘 저녁에 출발하면 내일 새벽에는 당신 집에 도착할 수 있을 거예요."

그녀가 단언했다.

'그거 좋은 소식이로군.'

소년은 생각했다.

한편으로는 안심이 되면서도, 소년은 얼굴이 붉어졌다.

제29편

소녀의 아파트

도시는 복잡했다.

적어도 소년이 사는 마을보다는 더.

벽돌 건물 밖으로 연결된 파이프가 이어지는 몇 곳을 지나서 그들은 소녀가 머물고 있는 곳에 도착했다.

소녀가 말했다.

"배고프지 않아요? 배와 치즈가 있어요."

그녀는 조촐하게 일층 프론트를 지키고 있는 경비 아저씨에게 인사를 하고는 편지 몇 개를 건네 받았다.

"어머니로부터 온 거예요."

한 사람이 올라갈 만한 좁은 계단을 올라가, 역시 좁은 통로의 2층에서 오른편으로 돈 소녀는 그쪽에 있는 좁은 문을 열고 들어갔다.

문을 여니, 좁은 부엌 가운데 놓인 길쭉한 테이블 위에 자리하고 있는 좋은 냄새가 나는 포푸리 바구니가 보였다. 작은 부엌과 작은 거실은 깨끗하게 정돈되어 있었다.

그녀는 그녀가 말한 대로 배와 치즈, 그리고 포도주와 동그란 감자 빵을 소년에게 주었다.

그러고 싶진 않았지만, 소년은 허겁지겁 서둘러 음식을 먹어 치웠다.

그러고 나니 잠이 몰려왔다.

좀 딱딱한 편인 하늘색 면 소파 위에 눕고 싶은 마음이 간절했다.

눈꺼풀이 무거웠다.

그러나, 그녀는 눈치 채지 못한 것처럼 보였다. 방으로 들어가서 두꺼운 스웨터로 갈아입고 나온 소녀는 더 늦기 전에 출발하자고 소년을 재촉했다.

소년은 스웨터를 입은 소녀가 귀엽다고 생각했다.

소녀는 차 키로 보이는 열쇠를 부엌에 뒤집어 놓은 틴(주석)으로 된 생강 과자 박스 안에서 꺼냈다.

차 키에서는 아마 생강 과자 냄새가 나리라.

소년은 그렇게 생각했으나, 냄새를 맡지는 못했다.

제30편

사막을 달리다

'도시는 위험하지.'

그들이 도시를 채 벗어나기도 전에, 도시는 어둑어둑해져 버렸는데, 텅 빈 건널목 길 앞에 빨간 불로 멈춰 선 소녀의 차 안에서 소년은 그렇게 생각하고 있었다.

신호와 상관없이 멀리서 걸어오는 우락부락한 남자의 모습은 산짐승 같이 거칠고, 거치는 것이 없는 것이었다. 소년은 오싹한 기분이 들어서 어차피 보는 사람도 없고, 길에 차도 없는데, 소녀가 엑셀을 밟아 그곳을 빨리 벗어나길 바랐지만, 그녀는 누가 보는지 아랑곳하지 않고 신호 지키는 것을 고수하는 타입인 것 같았다.

비록 어둠에서였지만, 소년은 부랑자의 큰 그림자가 분명 자신들의 차를 향해 오고 있는 것 같이 그의 모습이 점점 크게 보였다.

드디어 녹색 불이 켜지고, 소녀가 차를 출발시키자 소년은 그제야 작게 안도의 한숨을 내쉬었다.

"눈 좀 붙이지 그래요?"

소녀가 운전석 옆에 앉은 소년을 힐끔 보면서 말했다.

"아니, 이제 졸리지 않아요. 아까는 졸렸지만…… 도시를 벗어나기까지 오래 걸리나요?"

소년이 물었다.

"조금 있으면, 큰 고속도로가 나와요. 그 길은 사막을 지나가는데, 그 사막 길을 지나야 당신이 사는 곳으로 갈 수 있어요."

소녀가 명랑하게 대답했다.

소년은 그렇기 때문에 더 걱정이 되었는데, 통상 사막으로 난 도로의 상태는 어떠한지 가늠할 수가 없었다.

그녀는 비록 차가 마치 늙은 말과 같다고 했지만, 소년은 늙은 말이 사막 한 가운데서 멈추기라도 하면 어떻게 해야 하나? 라는 생각부터, 연료는 얼마나 빨리 닳는지…… 혹은 목적지에 갈 만큼 충분한지 등등 생각을 하다가 소년은 잠이 들었다.

꾸벅꾸벅 졸고 있는 소년을 깨운 것은 분명 소녀다.

"이봐요. 헨리. 좀 일어나 봐요."

소년이 졸린 눈을 비비고 일어나니 차 안에 차가운 공기가 흐르는 듯
했다.
차는 멈춰 있었다.

"무슨 일이죠? 어디가 잘못된 거예요?"
"왜 차가 멈췄죠?"
소년이 물었다.

"아니요. 특별히 어떠한 건 아니에요. 그냥 좀 쉬어 가야겠어요."
소녀가 하품을 했다.

"우린 얼마나 왔죠?"

"몇 시간 동안 계속 운전만 했더니 힘이 드네요."
그녀가 말했다.

"트렁크에서 내 담요 좀 꺼내 주시겠어요?"
소녀의 부탁에 소년은 밖으로 나갔다.

뿌연 어둠 속이었지만, 소년은 사막의 기운을 느낄 수 있었다.

저녁의 사막은 쌀쌀했는데, 머리 위로는 셀 수 없이 많은, 흐르는 듯한 별들의 향연이 드리워져 있었다.

인기척이 없는 곳이었으므로, 소년은 다시 한번 심장이 덜컹하는 기분이었는데, '차라리 오늘은 도시에서 머물고, 다음 날 도시에 산다는 폴리캅이라는 분들을 찾아가 볼걸.'이라는 생각이 들었다.

소녀가 갖고 있는 듯한 이 거리와 길에 대한 감각이 소년은 없었으므로, 소년은 이 여정의 거리와 시간을 가늠할 수 없었고, 그래서 더욱 그런 생각이 들었다.

"헨리. 추워서 그래요. 내 담요를 찾았나요?"
소녀가 차 안에서 소리치며 소년을 불렀다.

"어? 이게 뭐지?"

차 아래 바퀴로 작은 뭔가가 지나갔다.
필연, 작은 사막 동물이리라……
소년은 그가 추워서 몸이 떨리는 줄 알았는데, 무서워서 몸이 떨리는 것도 같았다. 그러나, 예전같이 그 시계가 울리고 있다는 것을 알았다.

시간이 되었다는 게 아닌가!

소년은 얼굴이 파래져서, 광활한 사막 도로 가운데 있는 자신과 소녀와 소녀의 차를 바라보았다.

제31편

네 번째 여행

"저기 알아야 할 게 있어요."

소년이 차 안으로 뛰어 들어가 운전석에 앉은 소녀에게 소리쳤다.

"시계가 울렸어요!"

"무슨 의미죠?"

소녀가 멀뚱멀뚱 소년을 쳐다보았다.

소년이 입을 다문 채 울리는 시계 소리를 듣고 있는데, 소녀가 언뜻 알아차리고 소리쳤다.

"당신은 나만 여기에 두고 가 버릴 수 없어요!"

"어, 시간이 되면."

소년이 말을 마치기도 전에 소년은 속이 울렁거리는 느낌을 받았다.

얼굴에는 식은땀이 났다.

"헨리."
소녀가 자기를 부르는 소리가 귀에서 맴돌았다.
소년은 소녀의 손을 잡으려 손을 뻗었고, 그녀의 팔목에 손이 스친 것 같다.

소년은 소녀의 목소리를 또렷이 들을 수 있었다.
소녀가 자신을 부르는 소리가 메아리 울림처럼 계속 들리는 것이었다.
"!!!!!"

제32편

그리드 하우스의 마기

소년이 부스스 일어나자 노란 유채꽃들이 보이는 것 같았다.

"여긴 또 어디지?"
소년이 두리번거렸다.

"내가 누군 것 같냐고?"
소년이 올려다보니 어느 여자 아이가 자신을 쳐다보고 있었다.

소녀는 아니었다.

"여기가 어디냐고 물었어요."
소년이 말했다.

"어디긴 어디야. 여긴 우리 아빠의 그리드 하우스야."
여자 아이가 말했다.

"그리드 하우스?"
소년이 말했다.
"그래, 일년 내내 욕망의 식물들을 키우는 곳이지."
여자 아이가 말했다.
"우린 많은 것들을 키워."

"넌 네가 망가뜨린 것들이 얼마나 비싼지 아니? 적어도 이 히아신스들을 사가렴. 어차피 팔 수도 없으니. 수선화는 내 것이니까."
여자 아이가 뽀로통하게 톡 쏘아 주었다.

"아, 그래. 모두 얼마지?"
소년이 묻자, 그 여자 아이가 깔깔거리며 폴짝폴짝 뛰면서 큰 고사리가 자라는 곳으로 갔다.

"여기 이게 네 꺼니?"

양치 식물들 옆에는 소년의 가죽 가방이 놓여 있었고, 안에 있는 것들이 풀들 위에 쏟아져 있었다.

그 여자 아이는 소년의 가방을 주워 올려 보였다.

"어. 내게 건네주겠어?"

소년은 주저 앉아 있었지만 손을 뻗어, 만지지 말라는 시늉을 했다.

여자 아이는 그 모습이 우스웠는지 다시 까르르 웃었다.

"뭐가 들었길래 그렇게 기겁하는 거지?"

그렇게 말하고, 여자 아이가 집어 들은 것은 뵈뵈 할아버지가 준 장수하늘소 표본 상자였다.

"어. 그건 선물 받은 거야."

소년이 말했다.

"이것들은 이름이 뭐니? 태어나서 한번도 본 적이 없는 것들인데."

"그것들은 장수하늘소라고 해."

소년이 답했다.

"어라. 이것들도 뿔이 있네."

하고 또 깔깔대며 웃는다.

소년은 소녀의 안녕이 몹시 궁금했다.

그녀가 자신의 이름을 부르는 것을 분명 들었는데…….

그리고, 걱정이 되는 마음에 후회가 밀려왔다.

"어, 이건 또 무슨 상자지?" 하고 여자 아이가 붉은 상자를 집어 드니, 소년은 등이 싸해지는 것만 같았다.

"그건, 그냥 박스야. 이봐, 이제 내 물건을 내게 건네주지 않겠니?"
소년이 자기 가방과 소품을 달라는 듯 손을 내보였다.

"우리 아빠가 그리드 하우스의 주인이고, 이 꽃들은 내 것이고. 네가 나의 꽃나무를 망가뜨렸으니, 내가 이것들을 가져가야겠어."

그 여자 아이는 또 크게 웃음을 터뜨렸으나, 소년은 더 이상 그 무엇도 참을 수 있는 기분이 아니었다. 소녀를 찾으려면 지체할 시간조차 없는데, 이 마기라는 아이는 자신의 소지품을 앗아 가려고 하고 있는 것이었다.

제33편

가방을 되찾다

　기분 좋은 따뜻한 바람은 분명 천사가 보내는 것이리라. 소녀는 생각했다.

　분명히 소년과 함께 차를 타고, 소년의 동네로 가고 있었는데, 소년이 소리치며 헐레벌떡 차 안으로 뛰어 들어 온 것이 기억났다.

　'그리고 그 다음은 어떻게 된 거지?'
　그녀는 고개를 갸우뚱했다.

　'여기가 천상인가?'
　그녀는 잘 다듬어진 풀밭 위에 누워 있는 것 같았고, 푸른 하늘도 보였다.

　'확실히 여름인가?'

따뜻한 기운이 느껴지니, 오히려 스웨터가 덥게 느껴졌다.
방금 전까지만 해도 춥다고 느꼈던 자신 아닌가!

사람의 소리가 들리는 듯해서 그녀는 생각을 멈추고, 귀를 기울였다.

누군가 다투는 소리 같았다.

그녀는 이곳이 확실히 천상은 아닌 것 같다고 단정했는데, 천상에서 사
람들이 서로 다투진 않을 것 같았기 때문이었다.
"제발. 내 것을 돌려줘."
확실히 낯익은 목소리였다.

'!'

목소리 주인을 알아차린 소녀는 놀라서 몸을 움직일 수 없었는데, 목소
리의 주인인 소년에게 무슨 일이 일어난 것만 같았기 때문이었다.

그는 거의 애걸복걸하고 있었다.

"제발……."
소년의 눈에 그렁그렁 눈물이 고였다.
자신의 처지가 한심스러워 보였다.

"내가 가지고 있으니, 내 것이야."
마기라는 여자 아이가 소리쳤다.

'여자 앤가?'

소녀는 침을 삼켰다. 상황을 봤을 때, 여자 아이가 헨리를 괴롭히고 있는 것 같았다.

"그럼 다른 건 다 줄 테니, 그 상자만 넘겨줘……."

헨리가 풀이 죽은 목소리로 애처롭게 말했다.

"그렇게는 안 될걸." 하고, 다른 목소리의 주인이 잽싸게 쏘아댄다.

'이런. 좀도둑에게 걸렸구나.'
소녀는 생각했다. 그녀는 도시로 이사 온 첫 해에 소매치기를 당한 적이 있었다.

그 소매치기는 작은 칼까지 들고 그녀와 그녀의 친구를 위협했었는데, 그녀의 돈뿐 아니라 그녀 친구의 핸드폰도 뺏어 가려고 했던 것이었다.

제34편

도망하는 소년과 소녀

그녀는 조용히 몸을 일으켜 무성한 나뭇잎이 있는 묘목 뒤로 갔다.

그 여자 아이는 큰 소리로 웃고 있었으므로, 소녀가 다가가는 것을 몰랐다.

소녀의 가슴이 콩닥콩닥 크게 뛰었기 때문에, 혹시나 마기가 들을까 봐 걱정이 되었지만, 그녀는 총총걸음으로 여자 아이 뒤로 가서 움켜쥔 소년의 가방을 휙 하고 다시 가로챘다.

"아이쿠!"

이 여자 아이는 갑자기 나타난 소녀의 등장에 놀랐는지 잠시 휘청거렸다.

소녀와 소년이 눈을 마주치고, 약속이라도 한 듯 냅다 달리기 시작했다. 어느 쪽이 이 그리드 하우스로부터 벗어나는 입구가 있는 곳인가!

달음질을 하는 소녀의 손을 헨리가 잡고는, 입구로 보이는 쪽으로 그들은 함께 뛰기 시작했다.

선인장들이 우뚝 서서 그리드 하우스를 빠져나가려는 두 남녀를 바라보고 있었다.

제35편
그리드 하우스를 탈출하다

헐떡헐떡…….

그리드 하우스가 멀리 보이는 공터에 도착하자 비로소, 둘은 멈춰 섰다.
"괜찮아요?"
소년은 숨을 고르며 소녀에게 물었다.

소녀는 몸을 굽히고, 손을 무릎에 얹고는 쌕쌕거리고 있었다.

헐레벌떡 뛴 탓에 얼굴이 붉었다.

"도대체…….
소녀는 말끝을 흐렸다.

소년이 말했다.
"이런 일이 일어났었다고 했잖아요. 미안해요."

"가방을 받아요. 헨리."
그녀가 비로소 소년의 가죽 가방을 건네주었다.

"그 시계란 게 어딨죠?"
소녀가 물었다.

"이 상자 안에 있어요."
소년이 상자를 가방 안에서 꺼내 보이며 말했다.
"다른 건 없어요. 돈도. 장수하늘소 표본도……."

"돈이 없으면, 어떡하죠?"

그녀는 얼굴을 찌푸리며, 청바지의 호주머니를 뒤지기 시작했다.

소년은 그제야 멀찍이 공터 넘어 사람들의 인적이 보이는 공원을 발견했다.

그리고, 소녀가 숨을 고르며 일어나자 소년은 공원 쪽으로 손가락을 가리켰다.

'그곳으로 가 보자'는 무언의 말이었다.

소녀는 툴툴거렸지만, 몸을 움직여서 둘은 같은 곳을 향해 걷기 시작
했다.

제36편

공원에 도착한 소년과 소녀

　작은 분수대와 벤치가 있는 공원의 중심에 도착하자, 소녀가 소년에게 물었다.

"헨리. 당신은 여기 와 본 적이 있어요?"

소년은 고개를 저었다.
"나는 이 비슷한 곳에 와 본 적이 있는 것 같아요."
소녀가 말했다.

"확실해요?"
소년이 소녀를 놀라 쳐다보았다.

물론, 나무벤치는 소년이 많이 봐 왔던, 어디에나 늘 있는 그 나무벤치였고, 작은 분수대도 마찬가지였다.

그러나 소년은 이 공원에 대해 아는 것이 없었다.

"우리 저기 저 사람들에게 물어봐요."
소녀가 멀리서 자전거를 끌고 가는 사람을 가리키며 말했다.

소년은 분수에서 흘러나오는 물로 목을 축이고, 미리 앞서서 뛰어가는
소녀를 따라 갔다.

그의 가죽 가방의 핸들 한쪽이 찢어져 있었다.
그는 가죽 가방을 옆구리에 끼었다.

제37편

소녀가 사람들에게 묻다

"헨리, 여기가 어딘 줄 알아요?"

"난 처음 들어보는 곳이에요. 그리고 저 사람은 내가 사는 도시에 대해 들어 본 적이 없대요. 어떻게 이럴 수 있죠?"

소녀가 흥분해서 떠들어 댔다.

"우선 너무 염려하지 말아요."
소년이 침착하게 말했다.

"어떻게 염려하지 않을 수 있죠? 이봐요. 난 직장이 있다구요. 우리 부모님은 내가 어디 있는지 모르구요. 여긴 어디죠?"
소녀가 말했다.
"아마 다른 사람은 알지도 몰라요."

"곧 시간이 될 거예요."
소년이 말했다.
"시계가 울리면 말이죠."
"당신은 몰리 아주머니의 가게로 돌아가려 했던 게 맞죠?"

소녀가 말했다.

"그래서 우리는 그곳으로 가고 있었고요."

"나는 폴리캅을 찾고 있었어요."
소년이 말했다.

"폴리캅이요? 무슨 경찰 같은 사람들인가요?"
소녀가 물었다.

"잘 모르겠어요. 내가 만난 한 똑똑한 분이 그들을 찾아가라고 했어요."
소년이 입을 다셨다. 목이 말랐다.

"그들은 도시에 살고 있다고 했구요."

소녀는 잠시 소년을 쳐다봤으나, 더 이상 아무것도 묻지 않았다.
대신, 산책을 하고 있는 커플을 보고 거기로 달려갔다.
그리고, 창피한지 모르고, 여기저기를 돌아다니며 묻기 시작했다.

제38편

술보의 집에서 머물다

"헨리! 헨리! 저 사람이 폴리캅에 대해 안대요."
"자기 사촌 중에 한 명이 그쪽에서 일하는가 봐요."

소녀가 손을 높이 들어 발랄하게 흔들어 보였다.

그래서 그날은 공원에서 만난 어떤 사람의 집에서 머물게 되었다.

술보인 그가 소년과 소녀에게 보인 반응은 이랬다.
'뭐라고. 그래서. 뭐가.'
"요즘 세상이 워낙 그래야지……."
그러면서 그는 캔 맥주를 땄다.

그는 분명 사촌이 폴리캅에 취직했다고 했다. 그리고, 내일 일터로 가기 전에 그들을 자기 사촌에게 데려다 주겠다고 약속했다. 그는 저녁 시간에 움직이는 것을 싫어하는 눈치였다.

그는 커다란 소파에 털썩 걸터앉더니 TV를 켜고 맥주를 들이켰다.

거실 벽에는 오래된 사진들이 다닥다닥 붙어 있었다.

"저기, 우리가 먹을 것을 좀 얻을 수 있을까요?"
소녀가 조심스럽게 물었다.

"맥주라면 줄 수 있지. 냉장고에 많으니까 찾아 먹으라고……."
그의 말대로 냉장고에는 많은 맥주들과 탄산수 조금, 그리고 치즈와 고기가 있었다.

소년과 소녀는 소시지와 탄산수를 꺼냈다.

TV를 보던 그가 곧 곯아떨어져 버렸다. 마시던 맥주 캔들이 사방에 쌓여 있었고, 그는 코까지 골았다.

"내일이면, 집에 갈 수 있을 거예요. 그죠?"
소녀는 피곤하다는 듯이 기지개를 켜고는 부엌 한편에 있는 큰 의자들을 꺼내 붙여서 편안히 앉을 수 있는 자리를 만들었다.

소년은 고개를 끄덕였다.

"내 차가 계속 거기 있을까요? 아마 난 해고 당할지도 몰라요."

소녀가 말했다.

"미안해요. 이런 일을 겪게 해서……."

소년이 사과했다.

소녀가 말했다.

"아니에요. 당신은 좋은 사람인걸요. 헨리. 게다가 우리 이모가 준 그 상자 때문에 이런 일이 일어났잖아요. 내가 미안해요. 몰리 이모는 항상 당신에 대해 이야기했어요. 당신이 점잖은 사람이라고 했죠."

소년은 몰리 아주머니를 떠올려 보았다.

'몰리 아주머니는 어떻게 지내실까? 여전히 골동품 수집에 열중이시겠지…….'

제39편

다섯 번째 여행

소녀가 좀 더 편안하게 누울 자리를 만들려고 분주한 동안, 소년은 아파트 밖으로 나왔다. 기분이 이상했다. 소녀는 이제 그다지 걱정하지 않는 것 같았다.

'폴리캅이 우리를 집으로 데려다줄까?'

그런데, 왜 소년의 마음은 가뿐하지 않을까?

그에게 너무 많은 일이 있었다.

그는 칼을 떠올리고 있었다.
'그는 잘 있을까? 트레져 헌터들은 누군가?'

그러다 문득,

'나는 어디로 가려고 하는가?'

가족이 그리웠다.

아니, 무작정 어떤 것이 그리웠다.

왜 이런 일이 그에게 일어났을까?

소년이 이곳저곳으로 돌아다니지 않았다면, 아마 보석상에서 일하고 있

었을까?

아니면, 소년이 원하는 대로 바다로 가서 배를 탔을 것인가!

그는 갑자기 소녀가 그리웠다.

마음이 시렸다.

그리고는 시계가 울리기 시작했다.

우리가 어떻게 우리들이 여행해 온 길을 이해할 수 있으랴? 우리의 발걸음
을 인도하시는 이는 하나님이시다. - 잠 20:24

제40편

결정의 시간

"일어나는 데 시간이 걸리고 있어요."

"조용히."

멀리서 소리가 들렸다.
여자와 남자의 목소리인 것 같았다.

삐삐삐 뚜…….
소년은 몸이 마비된 것 같았다.

다시 마음이 시렸다.
모르는 것이 많았고, 또 그리웠다.

소년이 말간 눈을 뜨자, 소독약 냄새인지 약 냄새가 났다.

흰 광목 침대보가 덮인 네모난 침대 위에 소년이 누워 있었다.

소년의 팔에는 링거 바늘이 꽂혀 있었다.

"여기는 어디죠?"
소년이 말했다.

"결정을 해야 하는 곳이에요."
흰 가운을 입은 어떤 여자가 말했다.

제41편
소년의 선택

그러나 내가 육체를 가지고 산다면, 이것은 나의 수고로움에서 비롯된 열매를 기대한다는 것을 뜻한다. 하지만 내가 무엇을 선택할지 당신에게 말할 수는 없다. – 빌 1:22

"무슨 선택을 말이죠?"
소년이 물었다.

"당신은 싸울 수 있어요."
흰 가운을 입은 여자가 답했다.

"마치 당신이 만난 전사처럼요. 당신이 싸움을 택한다면, 당신은 승자의 도시로 옮겨질 거예요. 승자들이 가는 곳이죠. 싸움에서 이기는 사람이 가는 도시예요. 당신은 손에 잡히는 승리의 트로피를 걸머쥘 수 있습니다.

그러나, 그곳에서도 싸움은 계속되지요. 자신의 머리를 약탈당한 사람들은 '멍청이'가 되기도 하니 주의해야 해요."

"승자의 도시 옆에는 상인들의 도시가 있어요. 그곳에는 상인들의 길드도 있는데, 그들은 편을 짜서 물건을 팔기도 해요. 상인의 도시는 특히 형형색색 아름답게 잘 꾸며져 있는데, 뭔가에 취해 있는 사람들, 중독자들이 좀 있는 동네랍니다. 돈을 버는 사람도 있지만, 파산을 하는 사람들도 있어요."

"당신은 물건을 좋아하나요? 헨리? 당신이 사고 파는 데에 능하다면, 당신을 상인의 도시로 옮겨드리겠어요."

소년은 얼굴을 찌푸려 보였다. 그는 지금 자신의 수중에 물건을 살 만한 돈이 없다는 것을 알고 있었다.

"학자의 도시는 어때요? 읽기 좋아해서 계속 계속 읽게 되는 사람들이 가는 곳이에요…… 그들은 의자에 앉아 인생 대부분의 시간을 보내는데, 성공적인 사람은 체어맨이 되기도 하지만, 보통 휴가 없이 일하죠. 또, 그들은 대개 눈이 나빠져서 안경을 쓰게 돼요."

소년은 이 도시에 대해서 잠시 생각해 봐야 했다.

흰 가운의 여자가 계속 말을 이었다.

"당신이 그곳도 마음에 들지 않는다면, 성인의 도시로 가게 될 수도 있어요. 그야말로 어른이 된 사람들이 가는 동네예요. 다른 어떤 곳보다 보편적인 사람들이 가는 곳이에요. 하지만, 그곳에서도 의미를 찾지 못한 사람들은 비관적인 삶을 살기도 한답니다."

소년은 곰곰이 생각해 보았다. 그는 자신이 완전한 어른이 된 것인지 아직 알 수 없었다.

흰 가운을 입은 남자가 입을 열었다.

"아니면, 당신은 문제를 풀 수도 있죠. 저기 저분처럼요." 하고 남자는 의자에 앉아 있는 한 노인을 가리켰다. 노인은 뭔가에 열중해 있는 모습이었다. 그들이 그를 보고 있다는 사실도 모르는 것 같았다.

그는 실타래를 풀었다가 다시 감고, 감았다가 다시 풀고 하고 있었다.

"저분은 세상을 복잡하게도, 또 덜 복잡하게도 만드시는 분이시죠. 세상일이 복잡해지면, 일이 생기고, 일자리가 생기고, 돈과 물질이 돌면서 값이 매겨지는데, 너무 복잡해지면, 여러 가지 문제가 생겨요. 일을 간단히 해결해 준다고 나서는 사람들이 생겨날 테죠. 세상 일이 너무 간단해지면, 해커와 도적들이 나타나 모두의 금고와 은행 잔고를 털어 가려 할 수도 있어요. 당신이 의미를 푸는 동안은 자유로울 수 있어요. 당신은 문제를 만들진 않잖아요. 그렇죠? 하지만, 모두 다 같은 문제를 풀 수 있는 것은 아니에요. 그러나 셀레스티셜, 당신은 선택을 할 수 있는 사람이에요."

"시계가 다시 울리는 건가요?"

소년이 물었다.

"그리고 나는 다시 그 도시로 가는 건가요?"

"아니에요. 당신은 다섯 번 다이얼을 돌렸어요."

흰 가운을 입은 사람이 대답했다.

마침내, 이 흰 가운을 입은 사람들은 소년에게 항구로 가는 열차에 대해 알려 주었다.

이 열차를 타면, 지도가 없어 스스로 찾아가야 하는 '성자의 도시'에 도달할 수도 있다고 했다.

그들은 성자의 도시에 대해 많은 이야기를 해 주지는 않았지만, 열차는 시간의 흐름과 함께 움직이는 특별한 것이라고 했다.

그러나, 그들도 소녀가 어떤 선택을 했는지는 모른다고 했다.

소녀는 아마 다시 그녀가 살던 도시로 돌아가기를 원할지도 모른다고……

소년이 열차를 타기로 결정하자, 흰 옷을 입은 사람들이 그를 배웅했다.

"축하해요, 헨리 듀 셀레스티셜. 당신의 여정을 응원하는 마음으로 지켜보겠습니다. 하나님의 은총이 있기를."

Transfer to be made ⇨

(이송 진행 이행 중)

소년이 눈을 떴다.

소년이 눈을 떴을 때에 여자가 있었다. 소녀였다. 그녀는 거기 있었고, 소년과 함께 있었다. 소년은 그것만으로도 너무 행복했다.

여자가 일어났다. 바람에 날린 그녀의 긴 머리가 흩어져 있었다.

여자는 부끄러운 듯, 머릿새를 어루만졌다.

색 바랜 별들이 떼를 지어 소곤소곤하는 동안, 넘칠듯한 뜨거운 새 에너지를 움켜쥔 태양이 떠오르고 있다.

"이 열차는 어디로 가죠? 우리는 어디로 가요?"

여자가 물었다.

남자는 그녀를 쳐다보았다.

왠지 태양의 이글거림이 그의 눈 안으로 들어온 듯해서, 그녀는 얼굴이 붉어졌다.

한번도 본 적이 없는 이런 그의 모습은 신이 허락한 그의 꿈에 대한 신념으로 마치 불타오르는 듯했다.

옅게 얽혀진 꿈들, 찰칵거리며 지나가는 수많은 성자와 친구들의 얼굴들. 그리고, 길들과 따뜻한 웃음소리.

"당연히 바다로 가지."

그는 그녀를 향해 선명하고 자신 있게 웃으며 말했다.

그는 알고 있었다. 푸른 바다 또한 풀어나갈 의미로 찬 공간이라고……
하지만 이제 그는 겁나지 않았다.

바람이 한들거리며, 그의 머리를 쓸고 지나갔다.

그건 착각이 아니었을지도 모른다.

그녀는 그의 눈이 바다를 품은 에메랄드 같다고 생각했다.

– 끝 –

당신이 풀잎에서도 벌꿀에서도

신을 보게 되기를.

DR과 GB 시간여행 동료들을 기념하며:
나라면, 절대 그 버튼을 다시 누르지 않겠어!
– G.B.

For D.R. & G.B dep. Time travel crews:
I'll never push that button again
– G.B.

제42편

헨리의 고백

사랑, 이는 마음에 느끼게 된 공간과 시간을 말한다. - 마르셀 프루스트

[아…… 아…… (마이크 테스트. 마이크 테스트.) 우리에게 아직 시간이 있는 거죠?]

…….

[……종이가 있는 것이 아닐까요?]

…….

"그래도 헨리, 헨리의 달링, 마이 러브, 하루빨리 내게로 와 줄 수 있겠소?"

헨리가 말했다.

[생명의 양식]이 흐른다…….

성자의 도시

ⓒ 시온, 2018

초판 1쇄 발행 2018년 12월 28일

지은이   시온
펴낸이   이기봉
편집   좋은땅 편집팀
펴낸곳   도서출판 좋은땅
주소   경기도 고양시 덕양구 통일로 140 B동 442호(동산동, 삼송테크노밸리)
전화   02)374-8616~7
팩스   02)374-8614
이메일   so20s@naver.com
홈페이지   www.g-world.co.kr

ISBN   979-11-6222-927-9 (03810)

이 도서의 국립중앙도서관 출판예정도서목록(CIP)은 서지정보유통지원시스템 홈페이지(http://seoji.nl.go.kr)와 국가자료공동목록시스템(http://www.nl.go.kr/kolisnet)에서 이용하실 수 있습니다. (CIP제어번호 : CIP2018041535)